愛上寫作的11種方法

林德俊（小熊老師）◎文
李桂媚◎圖

推薦序 1

如果你的小孩很調皮

◎舒霖（本名柯書林，知名臨床心理師）

結識小熊老師於一場飯局。初次見面就在他的提問引導下話匣子大開。後來又有幾回對談，讓自認想法很多的我不得不承認，小熊老師的腦筋真是動得飛快。

在拜讀《遊戲把詩搞大了》後，更驚豔於小熊老師簡直將其調皮不已的發散性思考，無縫接軌為詩意綿綿的鮮活創作。

後來看《玩詩練功房》時發現，他那如同大孩子般的靈動依舊，但隱約透出些慢熟的穩重。終於在不久前造訪小熊老師賢伉儷回霧峰所開拓的文學新據點「熊與貓咖啡書房」後明白，單單藉著「愛寫」，可讓一個無比調皮的靈魂得到舞臺；只要持續「愛寫」，就有機會將天馬行空的「胡思」聚焦，逐夢踏實。

　　在《愛上寫作的11種方法》中，我看見這位調皮的孩子王，如何將其青春迷惘時的「亂想」抽絲剝繭，進而集結出精采連篇的智慧妙論。

　　如果你的小孩很調皮，不妨陪他一起加入「愛寫俱樂部」，一起玩玩「瓶中信」，這是讓一個生命有機會「跟自己說話」的絕佳活動，既有趣，又能誘發反思。

　　即便你的小孩很調皮，只愛盯著3C產品的螢幕，你仍可帶他走進「愛寫俱樂部」成為忠實粉絲，當他翻閱〈簡訊傳情意〉時，就能漸漸養成「認真對待每個字」的習慣，一生受用。

　　要是你的小孩調皮到就是不肯「讀冊」，那麼這篇傳授如何省力地讓學習達到最聰明效果的〈不勉強讀書心得〉，一定正合他意。

　　萬一你的孩子一點也不調皮，甚至有點宅，整天悶頭在自己的世界呢？不妨試試〈採訪達人，說他的故事〉跟〈超有感影評〉吧！或許專注於他人的故事，正是忘卻自身煩惱的妙方呢！

　　發現了嗎？無論你的孩子調不調皮，都可加入小熊老師的「愛寫俱樂部」。就讓我們順著小熊老師的思路，一起享受閱讀的豐富，以及書寫的美好。

推薦序2

把寫作當遊戲

◎蔡怡（現任臺北市婦女閱讀寫作協會副理事長）

　　某個十二月三十一日的夜晚，整個臺北城沸騰著對跨年煙火與音樂會的興奮期待，而我坐在臺北車站附近某高樓臨窗一角，在《聯合報》主辦的寫作課程，聆聽小熊老師評點學員作品。這是我和小熊老師結緣之初，也開啟了日後他在我寫作路上不斷的提攜與指點。

　　此次小熊老師出新書《愛上寫作的11種方法》，囑我這老（年齡）後輩（年資）寫序，讓我受寵若驚，心想這是「文學點子王」提攜我的新招。

　　多次上他的課，並閱讀他的書籍，不難發現老師一再強調的是玩創意，玩寫作，把寫作當遊戲，去除緊張與嚴肅，靈感才會來敲門。

　　《愛上寫作的11種方法》繼續秉持此原則，提出科技

再進步都需要文字寫作。雖然載體可改變文學外觀，但改變不了文學本質，只要是創新獨特的書寫，不論它是一字詩、十字小說、光之俳句，都可以是好作品。與時俱進，變換花樣玩文學，是寫作的要素。

　　本書中小熊老師又提供十一個新點子，瓶中信、讀書心得、座右銘、報導、影評等等，導引生活隨處有題材，天地人間皆稿紙的概念。我本身是〈美好生活祝福卡〉的實踐者，也是既得利益者。

　　當年我和還是男友的老公相戀不到六個月，就被太平洋分隔兩地。在沒有電子郵件的時代，我們只有靠兩百多封的魚雁往返，維繫遙遠飄忽的感情。

　　婚後，這相互書寫的習慣落實於節日的賀卡中，我們暫時脫離柴米油鹽的瑣碎平淡，在祝福卡中勾勒未來的幸福與對過去的感恩。因為年年節日一樣，我們不得不創新，搞花招，比喻、聯想，樣樣來。就在傳遞誠意，締造幸福的同時，兩人的表達能力愈來愈好，尤其是那念理工與MBA的老公。

　　小熊老師說在科技發展中人們易得「快速強迫症」，只求快，忘了紙短情長，忘了創意與獨特。很多人不玩臉書，以為在社交網站耗弱生命。其實你在留言板寫下令人回味的驚豔，不就是另一種創作？

　　小熊老師帶領我們玩新的文學路，他的路，條條是王道，條條通往寫作的羅馬。

推薦序3

明明不只吞了一顆大力丸

◎栗光（本名譚立安，任職於《聯合報》副刊）

　　大學四年級時，課業壓力漸減，我開始要求自己每月寫出一篇短文投稿至報社，當時沒有掌握要訣，文筆也有待磨練，自然退稿的多，留用的少。從退稿中學習，我逐漸讀懂了退稿的「摩斯密碼」：石沉大海、毫無音訊的，若非信箱漏信，即是「佛曰不可說」，慧根還沒開，多說無益；若收到千篇一律的「機器人退稿信」，先別沮喪，其中多半暗藏玄機（寫作或版性提示），等待有緣人認真以待，如張良得《太公兵法》，一舉突破膠著戰況；而若能得編輯在繁忙版務中留下隻字片語，那簡直是手心貼背，傳你若干真氣，久而久之，必能打通任督二脈。

　　退稿是一種瀑布修行，冷泉灌頂，考驗寫作者的熱情是否會輕易被澆熄。而我正是在小熊老師如此「冷泉澆

灌，再傳真氣」整整四年後，終於學會一點皮毛，得以下山一探江湖深淺，成為某大報編輯。然而，此刻小熊老師卻將過去種種教學與編輯經驗化為文字，如此大方地廣發祕笈。我不禁懷疑，他是不是偏愛學弟妹呀！

帶著絲絲忌妒，我往下閱讀，除了臉紅撞見過去彆腳的自己，還發現許多讓我很想馬上把書一放，趕緊一試的寫作法。這樣的感受在〈迷你小說〉一章到達最高點，那種無比懸念的感覺，讓我在椅子上坐立難安；而閱讀到下一章〈迴響式寫作〉，這樣的情緒又更為強烈了。只是，這次是從寫作者的角色轉換到編輯，腦海想著可以如何運用、訂下怎樣的徵文題目，邀請讀者一起參與。

也許從今天起，我不僅應以編輯的身分邀請眾讀者們一起參與，還應以一個寫作者的身分跟著每個主題走一遍，看看最後我和大家會抵達「哪裡」。

書裡有這麼一句：「『讀一本書』好比吞一顆大力丸。」如果是這本書的話，我可以肯定的說，絕對不只吞了一顆大力丸。

 目錄

前言

把握方法，你可以寫得更好

提問◎**韋瑋老師**（獨立文創記者）　　回答◎**小熊老師**（林德俊）

 你長期關注文學社會學，本身亦從事大眾媒體傳播，請問在數位時代，為何要提升寫作力？寫作力為何重要？

 廣義的「寫作」，泛指任何用文字符號表達自己所思、所感的行為，其功能是傳達和記錄訊息，或者透過某種書寫形式的創造，展現美感、完成自我。寫作力，當中至少包含「兩力」，即「溝通力」與「創造力」。

雖然隨著時代推進，主流媒體的形式一再演化，但從文字媒體（書信、報刊及各式紙本出版物）到電

子媒體（廣播、電視）再到數位媒體（各式網路平臺及行動載具），寫作力的重要性從未消失。電視和電影，基礎是腳本，腳本是以文字為主的書寫。

數位時代，從BBS、部落格到臉書，文字再次走向幕前，拾回它在電子媒體時代退隱的能見度，人與人之間，使用文字溝通的頻率、次數大幅增加；雖然當今使用影音、圖像進行溝通，已達到一種空前的便利，但再怎麼便利，都不如書寫（手寫或打字），因為相較於影音、圖像，文字還是最接近口語的表達──寫作即為口語的精鍊。

數位時代的一大問題是資訊爆炸，每個人都可以擁有個人化媒體，都可以在網路上貼文、留言、回應，你的聲音卻也更容易被淹沒在龐大的資訊流。突破之道是，寫作要有創意，有創意的寫作是具有個人風格的寫作。數位時代的書寫趨勢是，必須在更短的篇幅，完成一種精準且亮眼的表達，做得愈好，你的溝通競爭力便愈高。

回歸到最原始的面對面傳播，各種演講座談、會議簡報，即便有科技化工具的輔助，還是離不開講稿的環節，講稿的基礎，正是文字的書寫。

所以，無論在哪個時空，寫作力都扮演關鍵角色。只要把握方法，人人都可提升寫作力。

你曾在大學主持寫作坊，受邀到寫作班、文藝營授課，經常面對各種身分背景、不同年齡層的學生；同時你也是個資歷超過十年的文學編輯，審閱過無數作品，據你的觀察，現代人或時下年輕人最普遍的寫作問題為何？

從副刊投稿、徵文比賽作品，以及學生交上來的作業來審視，現代人寫文章常犯的毛病，至少有以下十項：

1.贅字贅詞

2.錯字連篇

3.詞不達意

4.濫用成語

5.引據過多

6.不會分段

7.標題隨意

8.無法善用標點

9.語法邏輯不通

10.忽略讀者設定

如果能避免這十項毛病，便可馬上提升寫作基本功。透過適當且勤快的練習，養成好習慣，克服問題並非難事。

你出版過風格活潑的文學教案書，也在一些國文教學研習講座與中、小學老師們分享實用的寫作教學法，可否給入門者一些建議，可以透過哪些努力與練習來增進寫作能力？

好的文章，有兩大核心：言之有物，表之有情。

言之有物是「內容面」的問題，提升之道是：建立專業知識，發展題材特長，找出自己的獨特經驗。因此，平常要多閱讀，而且要有方向、有系統地閱讀；另外，可以養成寫日記的習慣。

表之有情是「形式面」的問題，提升之道是：善用比喻，節制地引用「自己真正有感覺」的名言。欲增加遣詞造句的創意度、活潑化自己的文筆，可以練習寫現代詩；平常遇到好句子要抄錄下來，最好建立剪報或存檔好文章的習慣，多分析好文章的結構。

文章寫完，朗讀至少一遍，檢驗文句通順與否。不要急著出手（投稿、發表），建議擺個幾天甚至更久，反覆修整，不斷的問「為何這樣寫」「這樣寫好嗎」，追求更好的可能。

可以參加寫作班或文學成長團體，結交寫作同儕，互相分享、切磋，當彼此的老師和編輯，做彼此最

棒的打氣筒。

總之，把握適合自己的方法，練習，練習，再練習，提升寫作力一點也不難。但也要有長期抗戰的準備，鍛鍊任何一門功夫，都非一朝一夕之事。燃起熱情很重要，享受閱讀與寫作，便能在其中獲得快樂，至於投稿是否能刊出、得不得文學獎，都是其次的事了。

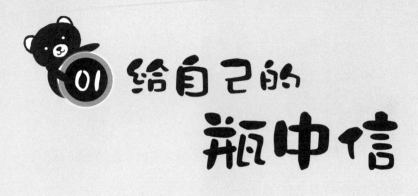

01 给自己的
瓶中信

你也許聽過瓶中信故事，幾年前朋友陳玉釧發現新大陸般，欣喜的向我介紹，網路上有一種「漂流瓶」交友遊戲，規則是：先選擇想扔出的漂流瓶類型，分別有「普通瓶」、「交往瓶」、「暗號瓶」、「提問瓶」、「祝願瓶」、「發洩瓶」、「真話瓶」、「傳遞瓶」，由於是匿名，拾到漂流瓶的對方不會知道扔瓶者的身分。

有緣千里來相會

朋友扔出「交往瓶」，向茫茫網海扔出對逝去戀情的紀念。她寫下的瓶中信內容是：

親愛的，如果生命可以再來一次，我絕對不會放開你的手。我會同你許下白頭偕老的承諾，一起建立屬於我們的家庭。可惜我畢竟太軟弱，只能眼睜睜的看你流淚離開。若輪迴的傳說是真的，請你將下輩子

交給我，讓我們做一生一世的伴侶。注：拾到瓶子的有緣陌生人，很遺憾我們彼此只能是陌生人，祝你幸福！

也許真有個百無聊賴的陌生人，會在地球某一端的某個時刻，在數不清的漂流瓶中「拾起」她這個漂流瓶，也許拾獲者漫不經心的讀過就算了，當作殺時間，但也許他讀完會大受震動，興起回信的欲望，交友網站的機制提供兩方進一步聯繫認識的可能。

「哇！好像交筆友喔。」其實在臉書上，我們也可能「加入」一個原本不太熟悉或根本不認識的「朋友」，然後開啟一段或深或淺的交往，甚至牽起一段「情緣」。

但聽完朋友的陳述，我總覺得，這種瓶中信沒那麼「漂流」，畢竟許多參與這個遊戲的人，下筆的心情沒那麼慎重，往往只有幾句話，甚至只是寫下一句

「我想和你交朋友」便扔出去，而朋友玉釧所寫的那封信，已經算是「深情無比」的了。

我心目中真正的瓶中信該是「實體版」的：浩瀚大海中，將一封信放入瓶中漂流，或藏在隱密的地方（譬如埋在某棵樹下），等待有朝一日被有緣人拾獲。

瓶中信裡故事多

瓶中信的概念、意象、橋段已被文學、電影、禮品公司、網路交友、各式活動大量應用。以瓶中信為「故事發動機」的電影作品不少，譬如美國電影《瓶中信》（Message in a Bottle）裡，剛剛失婚的女主角，無意間撿到了一封瓶中信，被信中的真情深深打動，陰錯陽差，透過種種蛛絲馬跡，她循線找到了寫信的男主角，原來，那封信是他對已逝愛妻的訴情之

信⋯⋯

　　而成龍演出的香港電影《玻璃樽》，故事由一個女孩在海邊撿到一個裝有字條的玻璃樽（瓶）展開，女孩撿到一個孤獨男孩留下的字條，上頭寫著「我很寂寞，你呢？」還附有姓名與地址，這樣的召喚正是連串冒險的開始。

　　韓國電影《荒島・愛》（Castaway On The Moon）則描寫一個宅女在孤獨的小宇宙裡，透過瓶中信和一個漂流到都市荒島上的男人聯繫，找到了一種和世界溝通的方法。

　　別以為只有電影版的瓶中信才那麼浪漫，請看以下「真實版」：1963年一位年僅十歲的英國小女生，在瓶中信中寫下家中地址，並希望拾獲者與她聯繫，這封信漂流到荷蘭，被一名小男孩撿到，兩人開始通信，這對少年朋友長大成人後墜入情網，最後步

上紅毯。後來夫妻倆看到英國《泰晤士報》徵求瓶中信故事，才將這一段羅曼蒂克的異國情緣公諸於世。

不局限於愛情

　　沒人規定瓶中信的內容一定要寫愛情，所以故事情節的開展便有千變萬化的N種可能。瓶中信除了扮月老，還可傳遞祝福，2010年臺灣多家媒體報導，住在蘭嶼的蕭姓婦人撿到了一個署名Oliver Hickman的人所寫的英文瓶中信，經友人翻譯，該信內容為船員所寫，信中提到：「世上任一個地方的樂趣、歡樂、愛及美麗，都需要你睜大雙眼去看，希望這封信能帶給你的家人和朋友健康快樂……」蕭姓婦人按著信上所留的地址寄了封感謝回函，真的與那位美國船員聯繫上了。

　　最令我感動的瓶中信故事是一個「時空膠囊」的

版本：某個時間點的自己，寫下給自己的話，留給
未來的「我」開啟。2000年適逢921大地震後的千禧
年，嘉義高商廣告設計科舉辦科展時以「逐夢築夢」
為主題，學生寫下各自的夢想封存於玻璃瓶，是為
「夢想瓶」，大家相約十年後六月六日一起返校開
瓶。

　　其中一名學生蘇勝彥畢業
後不久即罹癌過世，十年後
返校的同學幫他開啟他的夢
想瓶，裡頭裝載著一張白紙
和紙飛機，也許當初的他冥冥中
預知了自己未來人生一片空白？也許他打算乘著紙飛
機飛往另一國度另一世界？十年後「開瓶大會」真的
實現了，這瓶空白的夢想卻像一首詩般，看在當年同
學眼裡，標記著一切盡在不言中的複雜感受。

　　你也可以寫下對未來自己的告白、探問，最近我就寫了這麼一段話：

〈寫給一百歲的我〉◎小熊老師

　　首先必須確定，你是否還在人間？如果答案是肯定的，先問候一聲：「身體還好嗎？」你一定不如現在的我行動自如，我會趁年輕力壯踏遍世界各角落、結交四方好朋友，讓你有足夠回憶可以打發時間，唯一困擾是：盤纏偶有短缺，可否寄張支票過來「金援」一下？

　　我曾在年少的詩集寫下「詩是童與老之間的愛情」，你活到那麼老，老到可以與自己的童年談戀愛了。但你該不會不寫詩了吧？趕緊找出房間角落裡臥底的童年，那是靈魂永保青春之道啊！

寫瓶中信的動機，可能出於無聊、出於好奇、出於祝福、出於困惑，或出於大難時刻向外界發出最後訊息的一絲希望……千言萬語無人可以傾訴的時候，何不寫信給自己？無論分行、不分行，分段、不分段，請端出誠摯的心書寫。寫完，找個漂亮的瓶子收納起來，藏在一個隱密的角落，等待有一天，也許是一年、兩年甚至五年、十年後，另一個自己的開啟。當未來的自己讀到現在的你，會是什麼樣的心情呢？

 （文長200字內為佳）

給自己的瓶中信

現在的自己，在一張信紙寫下一段話，裝入一個瓶子，封存，留給未來的自己開啟。開啟的時間可以設定在一年、兩年甚至五年、十年後，你現在寫下

的，可以是對當下夢想的陳述，也可以是對未來人生的叩問……做這件事的出發點，有點玩樂心態，但書寫告白的過程，又得慎重其事，無論如何，都要端出誠摯的心，送給未來的自己。

學生例文

〈當一朵小花〉◎林秀綺

你好，我是過去的你，剛升上國中。你呢？到達人生的哪個階段？還記得國小的美好時光嗎？雖說人要向前看，不能老是佇立於過去，但懷念從前的美好，相信能令自己增添更多勇氣及信心。

未來想必有諸多壓力，別忘了，遇到困難，要用更大的勇氣及自信去抗衡，別太在意他人的眼光。讓自己作一朵小花吧！儘管並不出眾，只要在暗處默默

地散發幽香，一定會有蝴蝶造訪。

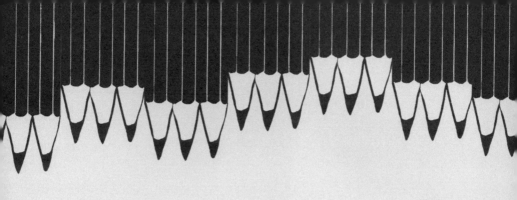

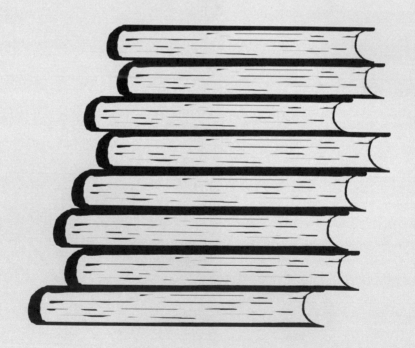

 **02 不勉強**

讀書心得

　　練習寫作，「讀一本書」好比吞一顆大力丸，吸收了書中的內容，你不愁沒東西可寫進文章。

　　寫讀書心得，那還不簡單！把一本書讀完，再把腦袋裡的想法寫下來，就大功告成。（有時甚至不必讀完整本書，就有不少心得了）

讀書心得好勉強？

　　不過……

　　同學A說：「我想寫讀書心得，可是不知道要讀哪一本耶？」

　　同學B說：「我把書讀完了，卻不知道要寫什麼？」

　　同學C說：「讀的時候有很多想法，等到要開始下筆，竟腦袋裡一片空白！」

　　同學D說：「下筆的時候想法很多，好不容易寫

完了，老師的評語是：『重點在哪裡？』」

　　以上A、B、C、D同學的狀況，剛好反映了四種寫讀書心得「很勉強」的理由：

　　一是不知挑哪本書。

　　二是讀了卻沒有想法 。

　　三是有想法卻不知怎麼寫。

　　四是寫得出來卻寫不好。

　　以上四種狀況代表了不同層次的問題，可能第一個層次沒問題，卻在第二層次遇到阻礙，克服了第二層次的問題後，卻又在第三層次卡關……

　　其實，這些問題都沒什麼大不了，現在，就讓我們一項一項的來把問題解決吧！

挑哪一本書？

　　從小到大，師長不斷告訴我們讀書有許多好處，你可以在其中探索知識、享受娛樂、了解生命，有時讀一本書可以多種好處兼得。以書寫心得為主要目的閱讀，是一種追求收穫的閱讀，得慎選書籍。這樣的閱讀，學習是重點，娛樂在其次，無論文類是詩、散文或小說，無論主題是食衣住行育樂，無論作者是古、今、中、外，無論是抒情性、故事性、理論性或說明性的書，只要能讓你有所學習，便可以作為撰寫心得的對象。

　　你可以參考文藝雜誌或國文老師開的「好書書單」，或者直接走進圖書館，以一種逛百貨公司的輕鬆心情瀏覽。書本先是以「書名」跟「封面」跟你招手，哪個書名吸引你、哪個封面看得順眼，就拿起它吧！隨手翻翻目錄、序言，再翻翻前幾頁，哪本書能

讓你產生繼續往下讀的興趣，你便有機會與它交上朋友。

逛圖書館的好處是，它提供了多樣化的選擇，你不怕找不到「看對眼」的書，而且，收納在圖書館的書都經過圖書館員的精心挑選，在裡頭，你是挑不到「壞書」的。

讀書就像交朋友一樣，志同道合者比較「有話聊」，不妨打著「興趣」的探照燈去找書，你對圍棋有興趣就去找跟圍棋有關的書，對動物有興趣就去找跟動物有關的書……

對中學生而言，如果想讓自己的閱讀能力更上層樓，可以慢慢跳脫那些「圖多於文」的書，透過閱讀一本「都是字」的書來增進語文理解力。

如果你的閱讀經驗還不算豐富，建議先讀華文作家的書，因為以中文為母語的書寫者，其展現出來的

文筆是未經過翻譯的「本尊」，會比外文翻譯成中文的作品來得更精準，如此一來，你在吸收內容之餘，也能欣賞作家遣詞用字的功夫。

讀出屬於自己的想法

挑中了想讀的書，接下來，要怎麼讀呢？或者，使用什麼讀法，會比較有收穫呢？

閱讀速度並不重要，讀得快顯得有效率，但慢慢讀有機會欣賞到更多風景，尤其文學作品，除了專注於作者「說什麼」，也可留意他「怎麼說」。

好書值得你一讀再讀，往往讀第二回時，你會發現第一回沒讀到的部分。你可以先快讀一遍，再挑有興趣的章節慢讀一遍，挖掘先前忽略的細節；或者反過來，先慢讀一遍，再快速瀏覽特定的段落，回味一番。

如何捕捉自己的想法？這裡提供兩個撇步：

1. 問問題

邊讀邊問，可以讓自己更積極的投入書中的世界，同時也把書當成一面鏡子，用以映照自己的世界。

閱讀過程中，偶爾停下腳步，問自己：「為何故事中的主人翁會有這樣的態度、那樣的行為？如果我是他，接下來會怎麼做？如果我是他朋友，會怎麼幫助他？」或者問：「為何作者要這樣寫？作者的那一句話隱含了什麼深意？」

譬如在閱讀《原來我這麼棒》這本書時，可以問：「為什麼主人翁會那麼沒自信？反觀自己，我是個有自信的人嗎？」在還沒讀到結局時，你甚至可以猜猜「劇情」會怎麼發展。閱讀《成績單》時，可以問：「成績跟朋友，我會選擇哪一邊？」閱讀《舞動

人生》時，可以反向思考：「書中那位小男孩因學芭蕾舞而被取笑，那麼一位學拳擊的小女生會遭遇什麼眼光呢？這牽涉到所謂的性別刻板印象嗎？」

總之，用問題來看書，是愈看愈有趣呢。勤問問題，便能克服「讀了卻沒有想法」的困擾。

2. 作筆記

閱讀過程中，不時的自問自答，答不出來也無妨，也許整本書讀完，答案便跳了出來。如果有師長、同學也讀過同一本書，你可以拿你的問題和他們討論。

問不出問題怎麼辦？先不必著急，試著在你特別有感覺的句子旁邊畫線，把它抄錄在便條紙上夾進書頁（使用便利貼亦可），等有空重新翻閱時，思考一下「為什麼這個句子打動了我？這句話讓我想到了什麼？」

　　這是「摘句」和「眉批」的功夫，摘下漂亮的句子反覆咀嚼，在空白處注記評語，進一步回應自己的故事。

　　「摘句」和「眉批」做得愈多，寫讀書心得時便愈輕鬆愉快。你完全不會遇到「有想法卻不知怎麼寫」的麻煩，因為，閱讀過程中，你已經寫下很多了呀。

整合自己的想法

　　確實，鬼靈精的念頭頑皮得很，東奔西跑的，想要抓住他們，得使用一些「撇步」。「問問題」和「作筆記」兩個撇步幫助你累積寫讀書心得的「素材」，之後便是整合的功夫了。

　　一篇微型讀書心得，通常三百字到六百字不等，至少要有三個段落，如果篇幅足夠（字數限制不嚴格

時），每一段還可擴展成兩段或三段。

　　第一段可以寫自己如何遇上這本書、為何挑選這本書來讀、被書中內容啟發前的自己是什麼狀態……總之，好的文章開頭，要能吸引人繼續讀下去，它是在為後面的段落鋪陳，給讀者一個「認識這本書的理由」。

　　第二段可以對整本書的內容作一個精簡的摘要，或提出書中最重要的論點。闔上書本時，試著先以幾句話說出「這本書在講什麼」或「我讀到了什麼」，再把它寫下來。這個階段要注意「化繁為簡」，不必在一兩百字的篇幅裡濃縮一本書的精華，因為那幾乎是不可能的任務，重點在陳述這本書啟發你、打動你的部分。

　　第三段是重頭戲，要在這個階段說明這本書對你的影響，可能是觀念上的啟發、視野上的開拓，甚至

你因此立下目標要如何如何的改變自己⋯⋯你可以寫得很自由，說說「這本書讓我想起了什麼」，你也許會想到之前讀過的另一本書、看過的電影、真實世界的人物，拿來跟這本書提到的人事物做比較。

讀一本書就像交一個朋友，聽完對方說故事，你也可以拿自己的故事回報，把讀書心得當成一段「交換故事」的紀錄。這樣，寫讀書心得便不會是一件痛苦的功課。心得寫完，記得下一個漂亮的標題，文中除了提到書名，不該忽略作者名，因為，他或她可是跟你交換故事的超級朋友啊。

不勉強讀書心得

讀完一本書，心有所感，發而為文，日記、周

記以及臉書、網誌上，常見這樣的書寫。如果老師要同學們共讀一本書，寫下心得，為何彼此寫得大同小異？因為花太多篇幅描述書裡講什麼，而陳述自己想法的部分太少。其實只要把重點放在「這本書影響了我什麼」或「這本書讓我想起了什麼」，就能寫得一點都不勉強！

　　任選一本書，寫讀後感，標題也很重要，不要只寫下「讀某某書有感」這種標題喔。

 學生例文

〈充實自己的靈魂〉◎魏可珊

　　夜深人靜的週末晚上，坐在床上，靜靜享受著屬於自己一個人的閱讀時光……或許是小說，或許是散文，都能讓我在一個忙碌週末的尾聲，靜下心來，接

受書本的洗禮。

　　在書架上整齊排列的書中，有一套能讓我在煩悶或閒暇時，一讀再讀的校園小說——安德魯‧克萊門斯的青少年小說系列。在作者詼諧幽默的筆調下，學校裡發生的點點滴滴，都變得趣味盎然。而其中，有一本影響我最為深刻的書——《成績單》。

　　《成績單》這本書主要在說一位名叫諾拉的女孩內心的故事，諾拉是一個聰明絕頂的資優生，可是她非常不喜歡學校僅用大大小小的考試，來評斷一個學生的一切，於是她總是故意隱藏自己的才能考個爛成績，好讓死黨史蒂芬不感到壓力，也讓師長們不會特別去注意到她。

　　看了這篇小說後，我不禁想：在臺灣，有多少人注重成績，父母希望子女考得好；老師也希望學生們考得好，於是，成績便成為評斷一個人的重要標準

了！可是，讀書哪裡只是為了應付考試呢？考試，只是一個用來檢驗學習成果的工具；而讀書，則是為了學習到更多知識而讀，因此，我慢慢了解到，讀書是為了充實自己，努力讀好書，更是學生應盡的本分，至於分數，就不再是那麼重要了吧！

　　靜靜翻著書的晚上，徜徉在書中故事情節的高低起伏，讓我想了好多平常不曾想過的問題。如果說，靈魂之窗能為我們開拓視野，那書本更是為我們打開了一扇窗──一扇思考的窗。

〈自信改變一生〉◎江宜恩

　　以前的我，總是班上那個最安靜的人，不會主動去找人聊天，因為沒有自信，我怕會被笑，有人找我，我不知道該說什麼，腦子一片空白。因為以前的我沒什麼自信，所以我什麼都不敢做。

　　因為我的膽小，沒人想跟我做朋友，我沒有朋友，所以不知道要說什麼，我回到家就是安安靜靜的。有一次我去書局，發現了一本書《原來我這麼棒》，是一本跟「自信」有關的書，一看到它，我二話不說，立刻請求媽媽買下那本書。

　　不到三天，我就看完了，看完後，感觸很深。書裡的女主角跟我一樣是個很怕出糗，所以什麼都不敢做的女生，但她願意打開心胸去改變自己，接受別人，隨著朋友的鼓勵，自信心愈來愈高，最後，變成一個樂觀、開朗的女孩。看到那女孩願意改變自己，我就想：「為什麼我不試試看呢？」

　　我想要改變自己，讓自己融入大家，當我覺得困難或是遇到挫折，我會告訴自己：「世界上不一定每件事都會成功，但是努力去做，一定做得到。」我藉著這句話，一直撐到現在，現在我的朋友變多了，我

也敢對他們說出我的想法。我很佩服我自己,能有那麼大的轉變。

　　對我來說,擁有自信,是一件很美好的事,不只有了朋友,很多以前的難題,現在也克服了。真慶幸看了那本書,那本書可以說是我人生中最重要的老師,因為「他」或許改變了我的一生。

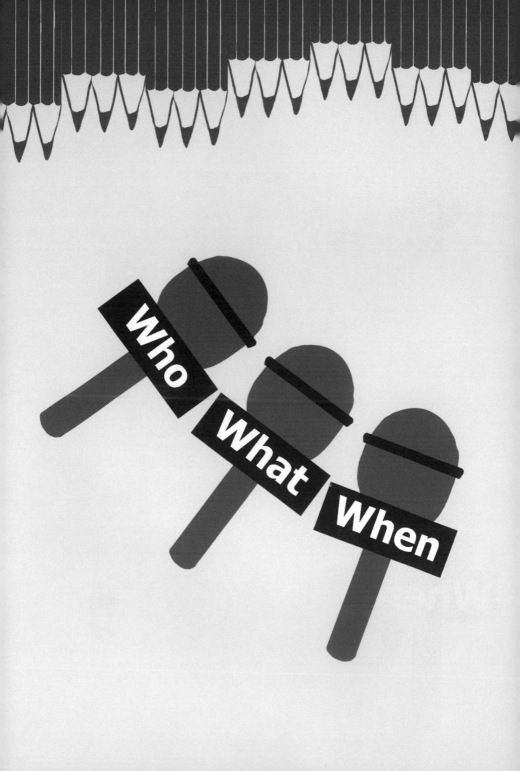

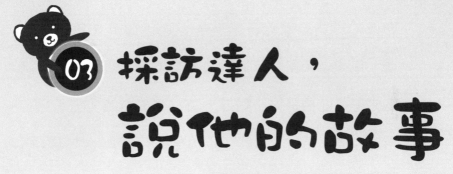

03 採訪達人，
說他的故事

Where Why How

　　每天都有新鮮事發生，大事、小事，好事、壞事……記者，就是把發生的事寫成新聞（或以聲音、影像的形式記錄剪輯出來），透過媒介（報紙、雜誌、電視、網路）傳播出去，讓更多人得以見聞。記者的主要任務是採訪報導，為了完成新聞而去「採」集資料、「訪」查人物，以「報」告眾人、「導」引話題。

滿足「知」的權利

　　嚴謹意義上的記者是受過專業訓練的人員，懂得去哪裡挖新聞、找新聞，擅長問問題、抓重點，能快速摘要整理訊息，而且文筆順暢、思路清晰，尤其，擁有說故事的能力。記者在描述事件時，遵守客觀的角度，如果遇到爭議性的話題，會呈現正、反方不同的觀點，再提出主觀的評論。

　　對於記者的素養有了初步的認識後，你平時看新聞時，除了扮演閱讀者，也可以扮演監督者，試著評價某篇新聞是否「夠專業」，就像閱讀任何一篇說明性的文章，你可以問：它是否說出了重點？資訊的呈現夠不夠客觀？對事件的背景、前因後果有沒有交代？

　　好奇心強、不畏辛勞且關心社會問題、公眾利益的人，特別適合當記者。找到了「對的人」，再施以傳播學院的調教、實戰經驗的磨練，便有機會培養出一名優秀的記者。所以，記者可說是社會的重要人力資產，有了他們存在，滿足了讀者「知的權利」。

 ## 人人都能成為記者

　　然而天下何其大，即便成千上萬的記者，也報不盡天下事啊！而哪些事才值得報導，真的可以完全放

心交由這些（相對於大眾而言）屬於少數的「記者」決定？

　　於是，近年來開始出現「公民記者」的概念：每個人都可以當一個民間的記者，不受主流媒體的聘僱，也許少了正統記者的專業訓練，卻能隨時隨地就近拿起筆與相機來報導家鄉、社區或自身熟悉領域裡重要的事，使得新聞關注的幅面得以更加開闊、完整。這樣的記者，又稱作「獨立記者」。

　　只要開設一個部落格或臉書，而你又擁有知的欲望、寫的能力，你便自成一個新聞臺，可以報導身邊的人事物，或為自己感興趣的題目前往某地採訪人物。

　　讓我們先跟新聞工作者學幾招，來過過當記者的癮吧。

　　首先，一篇報導應盡可能的包含以下幾個要

點，合稱為「5W1H」：人（Who）事（What）時（When）地（Where）為何（Why）如何（How），何時（When）何地（Where）發生什麼事（What）？主角是誰（Who）？為何發生（Why）？事件如何進行（How）？

　　一般的新聞報導追求有效率的呈現資訊，文章結構的呈現方式，把最重要的訊息擺前面，通常會在一開始簡要說明事件的梗概，然後詳述細節，如果篇幅有限，則只針對其中一、兩個要項深入挖掘。不過並非所有報導都乖乖循此規矩，例如「報導文學」往往提供更有溫度的傳達模式，融入文學的表現手法，允許更多的「緩慢」鋪陳，可以比較迂迴的切入重點，更注重文筆的精鍊和修辭，報導文學讓「寫作風格」有了發揮的空間。

從「人」身上挖掘故事

　　報導也是寫作的一種，接近說明性的散文類型，風格因人而異。但報導必須以真實事件與確切細節為基礎，不能憑空臆測；而為了彰顯報導價值，最好在一開始給出閱讀這篇文章的理由，或是，點出該事件的重要性，讓人有繼續了解的渴望。取材上，除了政治經濟社會文化議題，舉凡食衣住行育樂等跟生活相關的人與事，只要找到一個有趣的切入點，便可以報導。

　　在生活中，有各式各樣學有專精、在某個領域出類拔萃的「達人」，不妨睜大好奇的眼睛，展開行動，從這些人身上挖點故事，報導給更多人知道。以下便以獨立記者韋瑋的一篇文章為例，介紹「報導文學」的表現手法。

〈以人養藝的製筆師傅郭文溪〉◎韋瑋

　　高齡八十的郭文溪，是製筆工藝的國寶級大師，為現今能獨力完成極盡繁複、多達一百二十個製作毛筆步驟的第一人。問他如何能傳承精緻的製筆技藝？他說得雲淡風輕：「靠的就只是盡心而已！」

　　他創造了全臺知名的「郭家雙寶」，兩管大筆長四公尺、重七十公斤。製作巨型毛筆，從構想到製作完成需耗時八個月，加上製筆有一定的工法，若不是擁有過人的專注力和毅力，如何能創下世界最大型可書寫毛筆的金氏紀錄！

　　1929年，郭文溪長兄郭海水由製筆師傅張揚傳授精湛技藝之後，前往臺南創太陽堂筆莊，並以長兄兼師父的身分對郭文溪嚴厲教導，郭文溪經歷比一般學徒更長的六年習藝生涯，才在大哥的肯定下到高雄創業。

　　當原子筆出現、用毛筆寫周記的年代過去，製筆市場開始萎縮，郭家以胎毛筆製作發展製筆事業的第二春。郭文溪決定從高雄轉往臺北發展，發展客製化手工毛筆，要求客人親身到門市試筆，因為他要為客人量身製作一支寫來得心應手的好筆。

　　製作毛筆逾一甲子的郭文溪，從小父親就教導他注重品格、做人需中肯，他承襲父親的觀念，主張以「人」養「藝」，人格出眾，技藝便能凸顯。傳統工藝也有「格」，工藝的格在於選材做工的實在，而且要兼具美感與實用性，才能建立起信用和口碑！

　　讀完這篇報導，大家來找「查」，檢視一下，5W1H在哪裡？

　　·人（Who）──主角是誰？高齡八十的郭文溪，是製筆工藝的國寶級大師。

‧事（What）──重要事件？製作巨型毛筆，創下世界最大型可書寫毛筆的金氏紀錄。

‧時（When）、地（Where）──歷程與遷徙？1929年在臺南學藝，六年後到高雄創業，之後轉往臺北開創第二春。

‧為何（Why）成功？承襲父親的觀念，主張以「人」養「藝」，人格出眾，技藝便能凸顯。

‧如何（How）維持？選材做工實在，而且要兼具美感與實用性，才能建立起信用和口碑！

報導開頭便點出達人郭文溪「為現今能獨力完成極盡繁複、多達一百二十個製作毛筆步驟的第一人」，既然是國寶，當然值得介紹給更多人認識囉，而且他已高齡八十，得趕緊去採訪，留下珍貴紀錄才行。第一段末尾「問他如何能傳承精緻的製筆技藝？他說得雲淡風輕：『靠的就只是盡心而已！』」點出

了這是作者親自採訪所得的「第一手資料」，更添文章的可信度、臨場感。全文僅五百字，麻雀雖小五臟俱全的說出了達人的故事，對於大師的發展歷程，精要的交代了前因後果。

按部就班跑新聞

寫報導並不難，但把報導寫好確實需要功夫，功夫有賴長時間勤快的鍛鍊。我們不一定要立志當記者，但習得了記者的基本功之後，至少可以當個生活踏查家，每個達人都是一個寶藏，心血來潮時，不妨針對你好奇的領域，從身邊找一位代表人物，帶著筆記本、錄音機和相機去採訪他，完成一個獨立記者「跑新聞」的流程：

擬定主題→選擇對象→作足功課→接觸達人→實際採訪→整理筆記→撰寫報導→查證資訊→校對完稿

　　報導文學是最具行動力的文學類型，執筆者兼具記者與作家雙重專業，我心目中理想的報導文學作者具備以下三合一能力：

　　1.上天下海冒險犯難的戰鬥力。

　　2.聊天打屁中挖出重點的本事。

　　3.把感動化為書寫的美妙筆觸。

　　你目前具備了以上幾項能力呢？能力要在實戰經驗中鍛鍊，進擊的記者，趕緊帶上你的好奇心，出動囉。

 玩寫作

採訪達人，說他的故事

　　每個達人都是一個寶藏，針對你好奇的領域，找一位代表人物，帶著筆記本去採訪他。你可以從各行

各業去挑選對象，譬如老師、醫生、廚師、司機、運動員、藝術家或某店家老闆……這些職人當中，應該有你欣賞或想要成為的人吧！事先擬好幾個問題，譬如：為何從事這一行？何時入行？做多久了？這份工作的苦與樂？職涯當中印象最深刻的經歷、遇過最難忘的人？ 採訪完畢，請用第三人稱的方式，撰寫側記，文章要盡量包含「人、事、時、地、物」等基本報導元素，甚至可以描述他的表情、動作，寫下他和你有趣的互動喔。

〈用心良苦的教學達人：張碧如老師〉◎張育寧

聽，那鏗鏘有力的講解，抑揚頓挫的從教室傳出，這位富有教育熱忱的達人，正是在杏壇默默耕耘

十五年的張碧如老師。

　　張老師起初教授資訊課程，後來擴大教學內容，樹立一種教學理念，堅持至今：沒有教不會的學生。許多補教名師往往揠苗助長，對學生進行斯巴達教育，一廂情願的強迫學生在一夕之間進步神速；但是張老師不同，處處展現關懷與耐心。

　　沾上白板筆顏色的雙手，白板上繁雜的算式，誨人不倦的身影，烙印在學生的心中，猶如太陽照耀著樹苗，直到大樹茁壯。

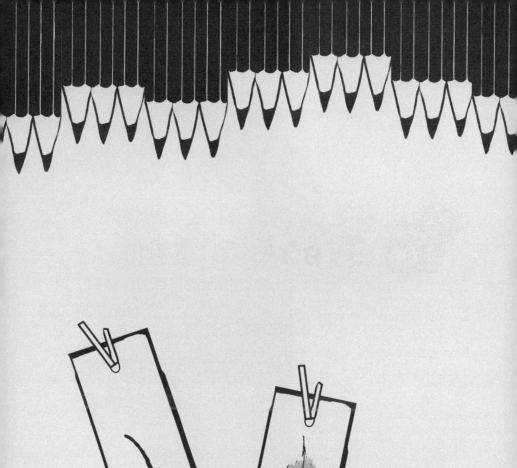

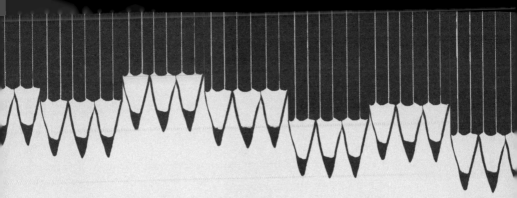

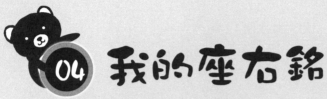

04 我的座右銘

一句話，能有多大力量？

記者們很愛問那些成功人士「影響我最深的一句話」；也有雜誌製作過「一句話扭轉人生」之類的專輯，蒐羅各領域名人的「人生之道」，一句話，配一篇小故事呈現；而類似的名言警句「大雜燴」出版品，在坊間銷售成績向來不差，各式「格言集」，早已行之有年。

一句話的啟示

於我而言，一句話發人深省或激勵人心，要如金玉一般，言簡意賅，說得漂亮，很像一本好書的封面，或一篇好文章的標題，能夠吸引人們翻開它，往裡探。故事可以是一個金句的情境，讀者進入情境，讓心思跟著裡頭的人與事流轉，那句話因此顯得更立體、更實在、更清楚。故事強化你對那句話的感受、

加深你對那句話的印象。

　　若你打從心底認同那句話，便可把它抄下來，當成座右銘。把它寫在每天翻閱的筆記本醒目之處，或寫在一張小卡片，放進皮夾、夾到書裡作書籤……不時提醒自己。

　　一個金句所處的脈絡，可以是「故事」，若你把「故事」代換成「散文」、「小說」、「報導」、「演講」、「電影」，也通。一個金玉一般的句子，如葉片上晶瑩的露珠，從作家或人物的寶貴經驗歸納而來、精鍊出來，成為你的座右銘，接著，你開始用你的人生行動去演繹它、實踐它，也許有一天，你可以用自己的故事去解釋這句話，同別人分享你的寶貴經驗。

挖掘文章的金句

　　我最近正閱讀作家林貴真的著作《讀書會，玩書寫》（爾雅出版），她作為一位讀書會達人，讀好書無數，有熱情、也有技巧的帶領別人讀，這樣一本談文論藝之書，裡頭夾帶的金句，遍地開花。不像某些作家眼裡只有自己，甚至同行相忌，林貴真樂於挖掘其他作家的好，並且披沙揀金的分享出來。

　　翻開該書的自序第二篇（序二），標題便是一個金句「用文字留住歲月的臉」。是啊！當時光不斷往前飛奔、往後飛逝，你用文字把自己的經歷、思想、感悟記錄下來，便好像留住了自己處於當下的那張臉，供來日的自己回味。「用文字留住歲月的臉」這句話講的是「寫文章」、「寫日記」的價值，寫，幫助我們觀照、沉澱自己，讓自己未來活得更積極。

　　往下翻閱，到了〈擺盪〉這篇，我又讀到了一

個金句：「人生一場，真像在鞦韆架上『擺盪』而
已。」她先是舉出兩個家喻戶曉的人物「林書豪」與
「鳳飛飛」來說明人生的擺盪特質——林書豪曾經是
NBA球員板凳席上的邊緣人，卻因把握住難得的表現
機會而大放異彩，一躍成了「林來瘋」，他從低谷擺
盪到高峰。鳳飛飛則是引領風騷的一代國民歌后，褪
去光華後，最後選擇低調告別人世，她從喧譁擺盪到
沉寂。林貴真用生活中俯拾即是的例子印證這個「人
生擺盪」的道理，後頭更引用了隱地的一首詩〈歷
程〉來「翻譯」她的金句：

身體一艘船
生是它的初航
睡是死的練習
死是睡的完成
生與死
在睡夢中談著戀愛

　　隱地說的是：人來到世上，就是在醒與睡、生與死之間擺盪而已。一首詩對應林貴真的一句話「人生一場，真像在鞦韆架上『擺盪』而已。」好像在照鏡子，互相輝映著彼此。

　　我對這句話的詮釋為，人生充滿了變化，你不可能永遠處在高峰，亦不可能永遠待在低谷，個人生活的處境、社會環境的狀態，也不會永遠地好或永遠地壞，所以低潮時要樂觀，得意時切莫忘形。「人生擺盪」之說，說的是，既然凡事沒有絕對，我們就不必太執著於過往選擇的對錯，但求珍惜當下，無愧於心即好。

人生苦樂總「有時」

　　在〈有時　有時〉這篇，林貴真抄錄《聖經》「傳道書」裡的句子。「一代過去，一代又來，地卻

永遠長存」，非教徒的我，從中讀到的是環保思想，大地涵養著一代又一代人，所以這一代千萬不要破壞大自然，遺毒給下一代。

同樣是「傳道書」裡的句子，「凡事都有定期，天下萬物都有定時」讓我想到，人生在世，總有些不可逆的自然法則，童年、少年、青年、壯年、老年都「有時」，「有時」意味著「一段有限度的時間」，既然有限，就該好好把握。

林貴真講了一段YouTube創辦人陳士駿的小故事，陳士駿雖然28歲即攀越事業顛峰，2006年擁有億萬身價後沒多久卻被診斷出腦瘤，生死邊緣走一遭，使他更積極把握生命中每一秒。說這一段故事，林貴真是為了帶出主人翁陳士駿的金句：「我要努力追尋夢想，因為你不知道明天是否還會醒來。」

金句會引發更多金句，連鎖效應一般哪，真是有

趣，我開始愛上了這樣有深度的文字遊戲了。

　　我談了林貴真的金句，透過她的書引出隱地的詩、傳道書和陳士駿的金句，其實是為了我的座右銘鋪哏。

　　我的座右銘也跟「把握時間」有關，那是魯迅的一句話：「時間就是性命。無端的空耗別人的時間，其實是無異於謀財害命的。」這話說得驚悚，卻直指真理。我們除了在乎自己的時間，也要具備同理心，照顧到別人的時間，人若非離群索居，便要花許多時間與人共處，包括共事、共學、共玩……所以當你同友人一起去電影院，她捨棄了原本想看的文藝片而配合你的喜好去看動作片，我們要心存感謝，因為她某種程度上犧牲了自己的時間啊。

實踐我的座右銘

　　如何實踐這句座右銘？我作為一個老師，在課堂上特別關心同學彼此之間學習需求的差異，盡量提供比較彈性的作業方案，因材施教，也與時俱進，舉一些生活化的例子來幫助聽者進入狀況，我很怕站在講臺上的我「空耗別人的時間」，要是我澆熄了臺下的求知熱情，豈不是「謀財害命」！魯迅這句話出自《且介亭雜文·門外文談》，我初次讀到這句話，它被印在書籤上，由朋友從大陸帶來，感謝那位朋友，提醒我「時間共享」的觀念。

　　出於對時間的好奇、恐懼，我為時間寫過不少詩。其中一首：

〈時間進行式〉

　　童年跳投

　　用力過猛

一投

把自己投進七老八十的棺槨

這是把「人生苦短」換句話說。翻開不同版本的格言集，你會發現許多金句都是把「人生苦短」換句話說，畢竟人活著，離不開時間。

但意識到時間有限，積極過生活，不見得要把時間填得滿滿的，有時，適度的放空，沉澱一下自己，是一種以退為進，退一步海闊天空。所以我的〈時間進行式〉還有另一版本：

發呆，一種

出軌的方式

發呆，是給想像空間、給思考一片天空。不讀書、不工作的時候，不一定要滑手機、玩電玩、看影片……好好閉目養神一下，或放鬆的張望遠方，也許，靈感就會來拜訪。

一句話，能有多大力量？

若金句會引發更多金句，那麼，一句話裡可以蘊藏好多句話，甚至好多本書、好多人的生命故事。如是，其力量絕對可觀。

一個金句，也像一把鑰匙，助你開啟人生不同階段、不同旅程的大門。所以，你的鑰匙可以不只一把，座右銘可以不只一個。座右銘或許因時空變換而有所遞移，每一個階段的座右銘，都反映了你當下的生命課題。

即便同一句話，不同人生階段去品味，可能品出不同滋味。一句話，是一條山中小徑，你走進去，風景隨四季變換。

座右銘哪裡找？別老是貪圖方便，偷懶的直接拿起一本金玉良言大全或只是上網google條列式的大補丸。詩人最擅長精鍊的表達，詩集裡金句處處綻放，

必可找到「說中你心」的話。

　　金句也可以「玩起來」，不妨為座右銘「再創作」：

　　1.把金句寫成書法，掛起來

　　2.攝影、畫圖，與金句輝映

　　3.寫一首詩，「翻譯」那句話

　　4.到報紙雜誌或書上找故事，印證那一句話

　　可以效法林貴真，廣泛且深度的閱讀，讀書、讀報、讀人、讀風景……吸收許許多多文本之後，予以轉化，寫下來，發出自己的聲音，用一句又一句話，精鍊自己人生的經驗。別小看你自創的座右銘，短短一句話，有機會開啟別人的聯想，讓人受用一生喔。

給自己一個功課

　　每天閱讀，自己摘句。讀什麼都好，讀到喜歡的就抄下來，寫在便利貼上，隔一段時間精選好幾句話，排成「座右銘便利貼」群組，貼在牆上。每日一句，天天有新意，那是你的日記、你的足跡，持之以恆，一年就有365句。

　　遇到低潮，掃瞄一下這些金句，它會給你力量，帶你走出幽谷。生命的疑惑罩頂時，還是老方法，拜訪金句，導師就在裡頭。

 玩寫作

我的座右銘

座右銘是記在座旁、桌邊用以警惕自己的格言，通常是得自偉人傳記、名家詩集裡的一句發人深省的話，你可以把它寫在每天翻閱的筆記本醒目之處，亦可以把它寫在一張小卡片放進皮夾或當成書籤……那是一句你再認同不過的話，三言兩語道盡了人生的真理。你想不時看到它，以便提醒或激勵自己，往更理想的人生道路走去。請到一本書或一篇文章裡，找出你心中的座右銘，寫下來，句子後頭括號註明該句話的作者及出處（書名或篇名），接著陳述這句話為什麼吸引你、如何影響你、給你什麼領悟……寫完之後，別忘了為這篇小文章訂一個標題喔。

 學生例文

〈實踐的力量〉◎張庭馨

　　陽光透過窗戶灑進屋內，喚醒睡夢中的我，我瞄了一下書桌上的時鐘，趕緊起身，因為今天有一本剛上市的書在等著我。

　　我騎著有如藍寶石的腳踏車，經過車水馬龍的街道，終於到達了書店。看見琳瑯滿目的圖書，我希望自己也能成為其中一位作者。穿梭書海，我找到那本奇幻小說，迫不及待翻閱，畫家林布蘭的一句格言映入眼簾：「要完成一幅畫，就必須先拿起畫筆來。」

　　這句格言有如當頭棒喝，心中浮現一個念頭：如果不提起筆寫寫看，怎能創作出膾炙人口的小說呢？我決定把這句話當成座右銘，加以實踐。不再只是閱讀，也自己試著寫。湧出泉水般的勇氣，把創意都寫

進稿紙，這種感覺很奇妙，題材就像大海沒有止境。

　　經過一個星期的努力，我刪掉一些矛盾的劇情，完成一篇充滿奇幻情節的短篇小說，連自己都不敢置信。我踏出了第一步，或許還不夠成熟，但已在班上流傳，同學讀得津津有味，這些「讀者」給了我繼續寫的力量。

美好生活
祝福卡

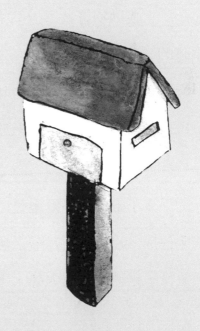

　　小熊家族（小熊老師＋小熊夫人）不定期會和三隻動物（狒記者＋猴主播＋波西米鹿）舉行吃飯聊天聯誼會，我們這群朋友曾經同屬一個「街頭特偵組」企畫採訪團隊，後來這個特偵組計畫告一段落，但團隊成員感情未散，保持著聯繫。

禮輕情意重

　　三隻動物皆為不折不扣的數位世代，我們不見面時的聯繫方式，該是FB、LINE等時下最夯最潮的即時通訊軟體？若為了配合年紀稍長的小熊家族，至少也用「老數位世代」熟悉的E-mail或手機簡訊？

　　你應該很難想像，除了見面時跟著禮物一起遞上的手寫小卡，我偶爾還會收到三隻動物從各地寄來的明信片，沒錯！正是蓋上郵戳的那種。三隻動物都愛旅行，足跡遍及海內外，他們一筆一劃、在他鄉異國

寫上明信片的字句，雖然簡短，卻因翻山越嶺、飄洋過海，而增加了「旅行的重量」。明信片很輕，禮輕情意重。

從這些明信片裡，我看到了一幅幅美好生活的圖像。那圖像，並不只是明信片正面的風景照，也不只是明信片背面的文字，而是三隻動物願意將自己的行旅心情與朋友分享的那一份心意。正在邁向二八年華的他們，這些年進行著一場又一場人生的小壯遊，他們有夢，而且勇敢去追，其讀萬卷書且行萬里路的精神激勵了我，讀著他們的手寫文字，我的心彷彿也年輕了起來。這樣的激勵，是每張明信片最後不能免俗的「祝你□□」之外，最實在的祝福。

 ## 作業可以很有趣

平日守在編輯臺崗位的我，逢年過節也還會收到

各方朋友手寫的卡片，每收到一張，就讓我多了一份安心的感覺。安心什麼？安心於：這年代還有人願意執起一支筆好好的寫字，很溫暖！那些用心設計、印刷精美的卡片還有人買，太好了！卡片有人買，有人寫，把它郵寄出來，那麼郵差就不會失業了！

　　寫到這裡，我想起一位小學老師黃湘玲發表於《聯合報》繽紛版的文章〈我坐在這裡，寫一張明信片〉（2013年4月28日），提到她與學生透過明信片創造出一種微妙的互動：孩子透過平日的好表現贏得老師贈與的獎章，集滿五十個獎章可以換取集點獎品，學生擁有三項選擇：國語作業減少、午休時間到圖書館閱讀、一張來自老師的旅遊明信片。原本老師擔心明信片與其他兩項獎勵相比，顯得過於「輕薄」，孩子可能不感興趣。沒想到，這項獎賞贏得不少孩子的青睞。黃湘玲寫道：

　　我以分享的心情，用輕鬆的筆調書寫寒假在中南部的旅遊心情，提到我去了雲林故事館看到老房子如何被重新改造利用、我在布袋戲館觀賞今昔布袋戲偶的精采演出、我徜徉在雲林莿桐花海中與各式有趣的稻草藝術合影，當然，還有壯大我勇氣的阿朗壹古道踏查。

　　點點滴滴，都化為文字，濃縮在一張張卡片裡，最後，我分別蓋上咖啡店提供的橡皮章，為卡片做最後裝飾。

　　走到郵筒前，把明信片投入！就像寄信給好朋友一樣，時空的等待，讓祝福變得更為具體。

　　我欣賞這位老師以分享取代說教，將自己的美好生活圖像化為文字，當作送給學生的祝福。她還鼓勵孩子回寄明信片給老師，讓書信的往返成為生活的樂

趣，這樣的功課，比起其他制式的寒暑假作業，好玩多了。

老套祝福，OUT！

我從學生時期便喜歡逛文具店的卡片區，見獵心喜，為此「貢獻」了不少零用錢。尤其聖誕節、新年前那一段時間，卡片區「擴大營業」，琳瑯滿目，光是看就令人滿足，美麗風景照的、藝術插畫風的、可愛卡通人物的，任君選擇，而那些攤開成一棟建築的立體卡片和會唱歌的音樂卡片，可不便宜哪！如今抽屜裡還存放著一些二十年前蒐集的「老卡片」，雖然有點捨不得在上頭寫字，但總覺得有一天用得上，這樣有價值的卡片就留給值得珍藏的老朋友吧。

看到漂亮的明信片或卡片，你是不是跟我一樣會「心癢癢」，興起收藏的念頭？何不給自己找個理

由買卡片——就用它來寫字練句，傳遞祝福。在數位時代裡，寫紙本卡片是逆向操作，兼具創意與誠意。可以問候不常見面或久未聯繫的親朋好友（或分別一個寒、暑假的同學），情境包括逢年過節、生日、致謝或為對方加油打氣……但別只是老套的劈頭就「祝你……」何不分享一段近日經歷的「好事」，勾勒美好生活的圖像，傳遞幸福快樂的感覺。

美好生活的圖像譬如：看了一部好電影、讀到一篇好文章、打了一場好球、吃到美味的食物、陰雨多日後終於放晴、家中飛進可愛小瓢蟲、出門撞見一樹盛開的花、做了一件助人的事、完成一趟小旅行……

幸福快樂可以很簡單，用一杯咖啡的時間，祝福別人的當下，也喜悅了自己。卡片投遞出去之後，也許，你可以期待一份回寄給你的祝福喔。

 玩寫作

美好生活祝福卡

　　我們太習慣滑手機、敲鍵盤，透過網路即時傳遞訊息。你有多久未拿起筆、靜下心來好好「寫字」了？逛文具店時，看到那些設計印刷精美的卡片，你難道不會「手癢」？問候不常見面或久未聯繫的親朋好友（或分別一個寒、暑假的同學），情境可能是逢年過節、生日、致謝或為對方加油打氣……要寫紙本卡片才夠誠意。但別只是老套地劈頭就「祝你……」何不分享一段你近日經歷的「好事」，傳遞幸福快樂的感覺！

 **學生例文**

〈給朋友的祝福〉◎曾芷柔

　　偶爾會翻翻我們以前的交換日記，當時我寫得心不甘情不願，因為覺得浪費時間，內容都是一些雞毛蒜皮的小事。如今攤開來回味，疲累的嘴角會不自覺上揚，心中注入一股暖流。

　　分隔兩校，妳我都不捨。妳常常擔心我被別人欺負，一直叫我回去和妳讀同一所學校，好讓妳保護我。剛開始進入陌生環境，我確實害怕又緊張，感覺全教室的人都要生吞活剝我似的。但現在妳不用太擔心了。我結交了一個跟我有相同嗜好的朋友，她似乎無所不能，一人每天只有二十四小時，但她不僅學科、術科兼顧，連偶像的最新消息也瞭若指掌，真是神通廣大！

　　懷念之前那些打打鬧鬧，一起徹夜趕工完成作業的日子。我欠妳好多好多句謝謝。一起為各自的目標和理想努力吧！不知我們下一次相遇的交叉口會在哪裡？曾經一起面對的困難，一起辛苦的日子，現在都幻化成甜美的果實，在回憶中幸福茁壯。改天再約出去暢談吧！我心目中的女超人──藝庭。

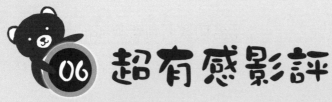

06 超有感影評

現代人很少不看電影。甚至可以這麼說：很少人不愛看電影。

進戲院之前，為了幫助我們判斷某部新片是否值得一看，除了看看電影預告、劇情介紹，我們會樂於求教於別人的「看法」。

專業影評不暴雷

感謝影評人在報章雜誌上本著他們的專業，以深入淺出的筆法為大眾介紹電影、分析電影，交代劇情重點之外，一定會點出該片特色，指引欣賞重點。影評人作為「影癡」級的達人，他們的腦袋就是一個裝載著不同導演風格、各式影片類型的資料庫，談一部片，可以信手拈來舉出同一導演的其他片子作比較，旁徵博引，令人佩服。

如果看的不是院線片，上網輸入片名，你可以輕

易搜到不少行家或素人的影評，不過一般素人寫的影評，容易不小心「暴雷」，把劇情的關鍵轉折、高潮結局爆出來讓讀者「未看先知」，折損了觀影趣味。所以「不破哏」可是不少影評人的「基本素養」啊！不過，如何讓電影內容「見光」得恰到好處、點到為止，既引人好奇又不至於說得太多，想來也是門學問。

　　影評，即電影評論。評論即批評、討論，是一種理性大於感性的文體，好的評論應有清晰的觀點、合理的論據，以此說服別人，或至少激發思考。看完一部電影，會產生好惡之感覺，「好」是喜歡，「惡」是討厭，到這個層次，只是「電影觀感」；當你能為自己的好惡給出理由，便到達了「電影評論」的層次。

看導演如何說故事

　　影評還可細分，有一種二分法是：「專業影評」和「敘事影評」。專業影評的執筆者須掌握電影基本術語（如：鏡頭、剪接、場景等），涉獵或多或少的電影理論，如此將有助於他去描述、分析電影的拍攝技術與藝術，甚至研究什麼樣的環境背景產出了這樣的電影……

　　「專業影評」也可以說是一種「博學式影評」。「敘事影評」則著重於故事與情節的討論，故事是多個事件的序列，一個事件會帶動另一個事件的發展，情節則是組成這些事件的細節；敘事影評，簡言之，就是看編劇和導演怎麼「說故事」。

　　多數影評介於「專業影評」和「敘事影評」之間，如果你預期的讀者觀影經驗豐富，可寫得深一點，如果你想跟一般大眾對話，則可寫得淺一些。無

論偏向哪一種，執筆者要勇於提出個人意見，只要能說出理由、自圓其說即好。

從獨自觀影到分享書寫

初寫影評，不必把影評看得太「偉大」，其實它也是某種形式的「心得分享」，寫完，發表，你有機會尋得知音，獲得回饋。可以藉由影評的書寫，整理自己對電影的看法，當電影涉及了特定議題或反映了某種人生態度，寫影評便好像在進行一趟社會或哲學的思辯之旅啊。「書寫」讓「觀影」化成積極的行動，這是影評的重要意義。

所以，不妨以更具彈性的方式來寫影評，甚至放任自己自由聯想，如果一部電影的片段勾起了往事，大可走進你記憶的花園摘取一些花朵回來，把影評寫成「電影散文」也很好。影評如果對作者而言饒富意

義（有紀念價值），且能夠撩撥讀者的理性與感性，便是有營養的好文章。

電影元素，故事聯想

我在報紙編輯崗位上策畫過幾個電影散文專欄，其中之一，邀了足跡遍及世界各地的作家倪采青寫「電影當你導遊」專欄，從看過的電影裡抓取元素，做旅行故事聯想。譬如〈百老匯的無限列印入場券〉這篇，她談自己到美國百老匯戲院欣賞音樂劇的經驗，以電影作為引子，從許多重要電影演員的「百老匯出身」談起，文章前兩段如下：

百老匯是劇迷們造訪紐約的必遊勝地，也是紐約最矛盾的所在。斗大的霓虹招牌張牙舞爪、光鮮亮麗，骨子裡又保有濃濃的歷史傳承氣息，既傳統又現代，如此迷人惑心，難怪它的身影經常出現在電影之中。

　　諸君或許猶有印象，不只一位經典電影女主角的職業就是百老匯演員，如電影《蜘蛛人2》的女主角瑪麗・珍夢想在百老匯登臺獻唱，而她真的做到了！娜歐蜜・華茲與安德林・布洛迪主演的2005年版《金剛》，女主角安黛洛也是位百老匯演員。

　　倪采青在另一篇〈什麼都吃，什麼都不奇怪〉，則從港片《人肉叉燒包》裡聯想到廣東人幾乎無所不吃，走進當地餐廳常有如走進一座動物園，文末還將「飲食奇談」掀起一波小小高潮，談起和計程車司機聊起吃蟑螂的回憶……

　　「有人會去吃嗎？」我不由得發出這個疑問。

　　「當然吃啊，很好吃的，我們幾個朋友三不五時都會約去吃一下。」

　　原來蟑螂在去翅、去足，進鍋快炒之後，也能成為香滋滋的珍饈。

據說你一把脆脆的殼咬碎之後，裡面會有東西流出來。

以倪采青這兩篇「另類影評」或「電影散文」為例，不難發現文章「好看」的祕技：漂亮的開頭和突出的結尾。漂亮的開頭激起你好奇，突出的結尾迴盪你腦海。

 撥開迷霧，提出創見

即便那些看似比較「正規」的影評也是如此，影評也是文章之一種，通暢之外，「好看」很重要，得讓人有一直想讀下去的欲望。譬如影評人施昇輝在《一張全票，靠走道：青春歐吉桑的電影本事》一書裡談臺灣電影《海角七號》，文章一開始便獨排眾議，把「創見」提出來：

很多人認為本片的賣座，要歸功於那些語言上的

俚俗趣味，但這是小看了魏德聖（導演）的用心。片中出現的三次彩虹畫面，非常精準的點出了全片的主題。彩虹雖美，卻很短暫……

施昇輝觀察到導演「以電影隱喻人生」的用心，也許有些觀眾一時「視而不見」，影評便發揮了效用，把它點出來，讓更多人「恍然大悟」。

影評，觀影前或觀影後讀，都有趣。觀影前讀，有提供資訊和背景知識的功能；觀影後讀，則提供觀點的印證或辯證。讀影評是好玩的事，它帶給你更多元的「看電影的方法」，如果觀影有感，你也可以試著寫寫看。

如何開始？

　　寫影評離不開「想」→「看」→「寫」三個步驟。（這三個階段的先後順序並非絕對。）

1.想電影

　　「想電影」往往在還沒「看電影」便開始了，看片前多少有些預期心理，你可以將一些基本問題放在心中。這些基本問題來自你對這類片型、這個導演及其團隊（攝影、配樂、演員、美術）的事先認識。

2.看電影

　　做筆記很重要，這個階段以「描述」電影的主題內容與拍攝手法為主，這些，將成為

分析階段可以援引的例證與細節。若擔心邊看邊做筆記會打擾觀影興致，那就一部片子看兩遍吧！第一回先放鬆看，第二回再認真記。這是很多影評人會做的事喔。

3.寫電影

在寫的階段，你不可能談論所有細節，所以要設重點，就從你最關心的「話題」入手，告訴讀者你看到了什麼。先不管專不專業的問題，不專業影評，有時更「有感」。影評除了探討技術與藝術、故事與情節，更是個人經驗的召喚，影評初體驗，不妨從自由聯想式的影評開始。

 玩寫作

超有感影評

看完電影，我們常問：「好不好看？」好看，是因演技出神入化、劇情高潮迭起？或色調、配樂、剪接讓你特有感覺？某些場景讓你想到一些難忘經驗？影評，就是為你的感覺找理由。若對專業電影術語無所涉獵，你依舊可以寫「敘事影評」，著墨於故事與情節，用自己的方式去分析電影，告訴讀者你看到了什麼？電影暗示了什麼人生觀？而你又想拋出什麼問題和讀者一同探討？影評該是一篇「好看」的文章，有引人的標題、流暢的文筆、清晰的思路，選一部電影，多看幾遍，來個影評初體驗吧！

在自己的領域爭取先發

—《疾風禁區》　◎李宗樺

　　《疾風禁區》激起人突破自我的熱情。平常我對自己沒有太多挑戰的渴望，這電影卻顛覆我過往的想法。

　　主角紐尼斯是一位業餘足球員，因緣際會下來到世界足球的最高殿堂——英超，為了爭取先發球員的位置，努力不懈，終於嘗到勝利的果實。人生的態度不也該如此？不挑戰自己，將注定平庸。紐尼斯在當上先發球員前也飽受挫折，如受傷、不被球團看好等等，但他堅持到底，愈挫愈勇。

　　關於拍攝手法，電影鏡頭的切換精采，球賽的畫面同時兼顧觀眾席的氣氛和球場上的拚鬥，令觀眾

身歷其境；進球時的配樂十分震撼，點燃熱情。演員踢球的表情和姿態很有說服力，讓觀眾相信他就是個貨真價實的足球員。可惜，主角童年劇情拍得稍嫌冗長，但瑕不掩瑜。

　　機會是留給準備好的人，否則，道路將永遠被上了鎖。人生充滿了不確定，天曉得下一秒會發生什麼！因此要活在當下，活出自己，訂定突破的目標，以疾風一般的衝勁，挑戰洪水猛獸的禁區。

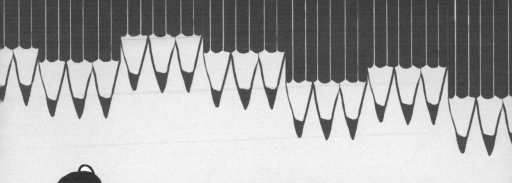

07 當萬物的

命名者

　　「詩人是萬物的命名者」，這句話是對詩人的禮讚，讚嘆詩人能用簡單而漂亮的文字描繪事物，給事物不凡的「形象」。這簡單的文字，可以短至三言兩語，甚至只是幾個字。

用眼看還要用心想

　　商禽在〈五官素描〉這首詩將「眉」形容為「只有翅翼／而無身軀的鳥／在哭和笑之間／不斷飛翔」，說得多麼傳神。

　　也有戴望舒用「翻開了空白之頁」和「合上了空白之頁」來狀寫「白蝴蝶」翅膀的開合。

〈白蝴蝶〉
翻開的書頁：
寂寞；
合上的書頁：
寂寞。

　　從那白色「書頁」的開合之中，戴望舒讀到了「寂寞」。詩人生動的筆何止賦予事物形象，簡直是注入了靈魂。反向思考，如果今天要為一本小巧的空白塗鴉冊或筆記本取個名字，叫它「白蝴蝶」，會是巧上加巧吧。空白的書頁是寂寞，填上你的生活點滴，不就多彩多姿了？

事半功倍「題醒」門面

　　在生活世界裡，「命名」這件事，也像在寫詩，往往只有幾個字的功夫。可別小看這幾個字的影響，一本書、一篇文章、一個產品、一部電影、一場活動……如果擁有一個好名字，便可事半功倍。它扮演著「門面」，如果門面不吸引人，那麼眾人便匆匆路過，不會停下來看一眼，更不會想要走進來一探究竟了。

　　陳義芝編了一本選集《當代愛情詩選》，若只是如此名之，雖然具體清楚，但稍嫌枯燥。主編者在這個規矩的書名前，加了一句「為了測量愛」，增添了情彩，完整書名是《為了測量愛──當代愛情詩選》，這樣的門面，相信會讓許多讀者翻閱的手指蠢蠢欲動。

　　同樣的，標題也是一篇作品的門面，很少讀者在閱讀文章前不先看標題的；投稿時，標題是給審稿編輯的第一印象，在投稿者眾多而園地有限的稿海時代，文章標題若能醒目，帶來「題醒」人的力量，確實吃香不少。向明有一篇文章，標題就叫「題好一半詩」，講的是「好的開始往往是成功的一半」。

　　產品的名稱也像一篇文章的標題或一本書的書名，扮演「題醒」人的角色。可曾喝過「珍珠奶茶」和「漂浮冰咖啡」？創造這兩款飲料名稱的人，在我

心目中也是不折不扣的詩人。「粉圓」代以外貌形似而價值更高的「珍珠」,「冰淇淋球」蓋在冰咖啡上頭,被奇思異想地描摹成飛碟「漂浮」,既精準地對到粉圓和冰淇淋球的外型和特性,又收美化之效。如此這般有想像力的文字,確實可以幫事物「加值」(創造經濟或美學價值)。說得誇張一點,好的命名,近乎「點石成金」。

個性取名當自介

我們從小到大,少不了被人命名或為人事物命名的經驗。打從一出生,你被賦予了名字;年紀稍長,也許你幫玩偶或寵物命名,也許你被同儕取綽號;年紀更長,幫學校社團及相關活動命名;出了社會,幫自家開的店取店名,或幫公司的新產品命名⋯⋯尤其如今已是網路時代,部落格(臉書)名稱、網路暱

稱，都是「命名」，命名之外，再加幾句簡短的自我介紹，等於是為自己寫廣告詞。

　　在寫作課堂上，我特別喜歡和同學們一起研究詩人的名字，有些詩人選擇以低調素樸的本名示人，有些則喜歡用風格化的筆名展現脫俗的姿態。商禽這個筆名，很符合這位詩人冷冽又奇幻的詩風。有同學打趣說，這名字裡有個「禽」字，也適合當一家鳥園的店名呢。搜尋一下商禽的作品，他的名詩〈火雞〉、〈鴿子〉以及不那麼有名的佳篇〈杜鵑〉、〈蒼鷺〉，果然都以鳥禽為題，他的「鳥詩」不算少。

　　以商禽開了個頭，同學們七嘴八舌繼續貢獻點子，說商禽鳥園的連鎖企業可包括向明眼鏡、向陽花藝、管管煙斗、碧果超市、零雨傘店、辛牧肉乾、張默隔音窗、芳慈育幼院、育虹彩色筆、悔之橡皮擦……

　　大家真有想像力，把詩人向明、向陽、管管、碧果、零雨、辛牧、張默、張芳慈、陳育虹、許悔之的名字都「應用」到商店命名上了。

　　經過這一輪暖身，接下來輪到同學自己「在名字上作文章」。如果你懂得命名，便具備當詩人的潛力。筆名、暱稱，當然要自己取。名字如果夠獨特、夠響亮，便容易吸引人注目，給出漂亮的第一印象。

比喻、諧音齊上陣

　　而如果你要成立一個社團或辦一場活動，甚至想開一家店、推出一項產品，你要為它取什麼名字？

　　雨錚同學未來想開一家名為「鼻子除爆專家」的藥品公司，生產治療鼻子過敏的良藥，把鼻子過敏比喻為炸彈，過敏發作時會連連打噴嚏，有如炸彈開花，這時候就需要除爆專家來解決了。

　　舒涵同學則想設計一系列「格列佛的玩具手作課」，邀請「大人」透過科學玩具重新喚起小時候對世界的好奇心。她援引了小人國童話典故，這裡的大人，除了指身形之大，亦暗示著老成，自以為了解很多事，失去純真的赤子之心……

　　也有同學很愛玩諧音雙關，仕安想成立一家「渴能」平面設計工作室，「渴能」與「可能」諧音，既帶動追求不同可能、不同思考方式的聯想，也把「渴望」創造不可思議能量的企圖表達出來了。渴能，隱含渴望能量與能力之意。

　　另還有庭妤為徵人廣告想的標語「一見鍾請」，刻意把一見鍾情的「情」代換為「請」，強調錄用與否取決於對應徵者的第一印象和直覺感受，而「請」這個字眼蘊含了用人的誠意。這位同學是在幫社團徵人，還是為自己的戀情徵人呢？

　　好的命名，須在第一眼發揮引人注目的效果，但不能只是標新立異，如果是比較「跳」的命名，要讓觀者歷經第二秒、第三秒的思考後，能夠抓到其「妙」處，也就是，名字與它所承載的內容、性質，仍要有合理、深層的聯結，如此一來，便名副其實了。

我是命名者

　　詩人是萬物的命名者，如果你懂得命名，便具備當詩人的潛力。我們的名字是由父母取的，綽號往往是朋友給的，慢慢地，你有機會為一些事物命名，為自己的網站，為新成立的社團（校內／外），為一場活動（聯誼會、發表會等）。筆名、暱稱，當然也要

自己取。名字如果夠獨特、夠響亮，便容易吸引人注目，給出漂亮的第一印象。如果你要成立一個社團或辦一場活動（甚至想開一家店、推出一項產品），你要為該社團或該活動取什麼名字？命名後，別忘了給出理由喔！

學生例文

〈花式勁瘋輪〉◎黃品綺

什麼是「花式勁瘋輪」？想知道的話，讓我們繼續看下去，「它」不是腳踏車，也不是汽車，而是直排輪。很多人不明白它能做特技，為了讓大家明白直排輪是很多樣的，所以我替它取了一個名字叫做「花式勁瘋輪」。

花式，指的是直排輪可以做出華麗的動作，不

一定男生才能學，女生也能學的；那麼勁呢？勁指的
是它可以溜得快，可以比走還快，甚至是跑；最後的
「瘋」呢？當你一接觸到它，你會愈來愈喜歡它，甚
至到了瘋狂的狀態，因為我也是如此。

　　直排輪是種有益身心的運動，大家可以去學一
學，享受花式勁風輪的樂趣喔！

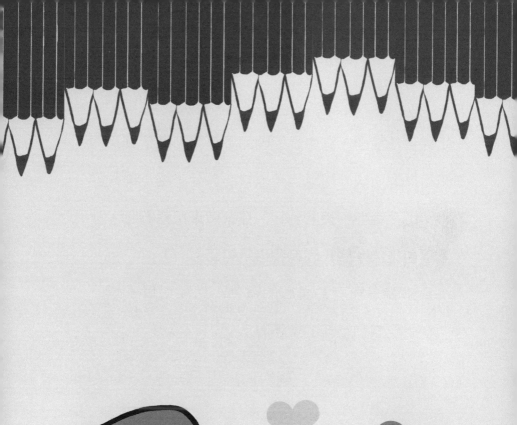

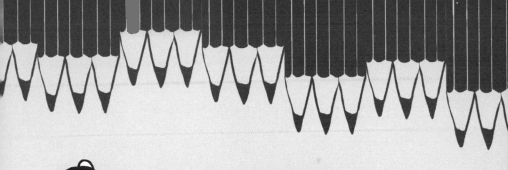

 **08 簡訊傳情意**

　　有一則由金城武擔任主角的電信業者形象廣告，引起大眾熱烈關注，那句經典旁白「世界愈快，心則慢」讓許多朋友琅琅上口。我們可以如此「翻譯」這句廣告詞：當世界運轉得愈快，人們愈是需要放慢腳步，才能看清未來的方向；否則，一旦盲目的隨波逐流，小心在無止盡的追趕中消耗了自己。

短，不等於快

　　數位時代，科技帶來速度與便利，網路上的文字走向「輕薄短小」，三言兩語就得切入重點，才能符合多數人對於「效率」的高度期待。尤其透過手機傳輸的訊息，有每則70字的上限，你不長話短說也不行。即便進化到智慧型手機，每天掛在網路對著LINE或FB丟訊息，我們早已習慣甩開長篇大論，有時你才剛傳一則訊息出去，沒幾秒對方已經迴力球一般擲

回，內容當然不會太長，就只有幾個字，甚至一個表情符號而已。

　　這又形成了另一種「競速」，大家比回覆速度，為了求快，沒有太多時間思考該用什麼字句來做出理想的表達，長期缺乏鍛字練句，難免降低手機一族的文字素質。一來一往的速度變快、頻率變高，但深度並未增加，甚至導致一種「快去快回」強迫症。

　　其實，短，不一定要與「快」掛勾，譬如詩，話不多，卻可以令人沉醉，反覆吟詠，一再咀嚼其滋味。短，也可以慢，你可以在一則訊息上停得更久，如果那則訊息更有深度、更有文字魅力……詩一般的短訊，可以讓世界慢下來。世界慢下來，因為你的心慢下來了，在一個小小框格裡，領受著豐饒的語言姿態。

認真對待每個字

別忘了，文字除了傳遞實用資訊，還是情意和創意的載體，好的抒情文學，總是「紙短情長」，雖然只有簡短的篇幅，卻如千言萬語訴不盡，情韻綿長，餘音繞梁……要做到紙短情長，就得認真對待每一個字，巧心經營文句的腔調或語氣，這是詩人必備的功夫，我們理當向詩人學習。

科技加速世界運轉，而文化需要從容不迫的慢慢體會。如果你懂得用科技服務文化，把它當成文化的載體，譬如，以簡訊傳遞文學，那麼科技與文化可以相互提升、相輔相成。讀到一首有趣或動人的小詩，不妨用它來標記你的心情，轉發出去，讓親朋好友跟你一同分享文字的美好。

　　我曾策畫一個「光之俳句」徵稿，邀請詩人名家書寫示範作，信手拈來都是小而美且讓人心情好的作品，譬如隱地所寫的〈微笑雲燈〉：

雲在天空寫詩

燈在書上寫詩

微笑在你臉上寫詩

　　此詩把微笑比為天空之雲、書上之燈，也把微笑形容為臉上靈動的詩。你若要讚美某人笑起來很好看，就把這首詩化為簡訊傳給對方吧，分行之處改以斜線隔開即可：「雲在天空寫詩／燈在書上寫詩／微笑在你臉上寫詩」。

 拐著彎寫我愛你

　　除了轉發別人的佳篇，你也可以試著自己寫，不必以成詩為目的，但要展現躍動的語言。我過去主編

的報紙版面，開設了一個「情書簡訊」專欄，徵得不少輕（盈）而不淺（薄）的作品，冬啵寫道：

你的臉書是我的最愛，你的照片是桌面背景，這是我思念你的電腦模式喔。

短短三句，前兩句是事實陳述，亮點在第三句，「思念」的「電腦模式」是什麼？就是通過種種的數位管道去關注對方啊（即前兩句所鋪陳的）！這三句話要表達的不過是「我經常思念你」的簡單意涵，但直說怕顯得肉麻，於是改以迂迴的方式來說。詩意的文學就是「不直說」，盡可能的展現巧心創意。

冬啵的另一則作品則透過「你不是……請不要……」的句型重複來經營節奏、擴大張力，熊貓人和鋼鐵人等流行元素也被運用進來，增添親切感。看似以否定式的命令語氣責難對方，其實透露了發話者的心疼，不忍對方熬夜犧牲健康、加班犧牲休閒：

你不是熊貓人，請不要熬夜製造黑眼圈！你也不是鋼鐵人，請不要加班到天荒地老！你不是一個人，假日別忘了約會好嗎！

熊寶貝的一則，以「最怕」卻又「最愛」的矛盾來製造衝擊感，算是一種另類撒嬌：

最怕看恐怖片的我，最愛你帶我去看恐怖片，這樣我便可以超自然──把你的手抓得緊緊的。

簡訊展現好點子

簡訊文學，除了可借重詩歌創作「以文字經營畫面、安排節奏」的技巧，有時更著重意念的鮮活，也就是，要有「好點子」，有好點子，三言兩語便能讓人眼睛一亮。

貓不理的點子是，當對方說不愛真花也不愛假花時，該送什麼給對方？那就送一頂有花樣的遮陽帽

吧。帽子上的圖案當然是假的花，卻被文字寫活了，花帽戴在頭上，就好像迎著陽光盛開了。貓不理寫道：

妳說不能送妳塑膠花，因爲虛情假意；也不能送妳眞花，因爲總會凋謝。我決定送妳一頂小花帽，豔陽時陪妳一起盛開！

再看看兩則有異曲同工之妙的甜言蜜語……

乃吉寫道：

最近我很乖，通勤時盯著手機施展一指神功，不是在打電動，而是在打情書簡訊給你喔。

哥吉啦寫道：

縱使捷運車廂裡美女如雲，每天上下班途中，我仍忘了抬頭，因爲手機裡的妳，總能讓我甘心低頭啊。

其實，說的都是「我喜歡你」的意思，換個說

法，玩個語言小遊戲，讓讀者腦筋轉個彎，情趣便跑出來了。這樣的情趣，來自文字的魅力。

諧趣版本之外，當然也有氣質優雅的案例，例如逗點貓所寫的這則，除了較為文藝腔，還帶入了夜中螢火、餘火「成對」的關聯性意象：

關掉手電筒，才能看見螢火。我們也該卸下白天凡塵俗務的餘火，在靜夜裡沉澱，便能看見彼此澄明的心。

熊寶貝的簡訊則納入高鐵、月臺的交通意象，並有「服用簡訊」、「拋開失眠」等比喻，屬於詩質較高的寫法：

每晚服用一則你的晚安簡訊，入夢速度可比搭高鐵，不一會兒，失眠已被遠遠拋在單人床的月臺上。

詩一般的簡訊，有如文學的輕功，引領我們飛翔，用新鮮的視野觀照生活。「電紙」上的字字句

句，都是生活細節漂亮的結晶，令人回味無窮，不由得生出珍藏留念之心啊。

 玩寫作

簡訊傳情意

數位時代，「微書寫」當道，一則簡訊，可以是最有效率的文學：情書、家書、致友人書……無論寫給誰，它都是你美好或趣味的生活筆記。文短而吸睛，詞句要精鍊，創意要突出。請以70字內篇幅、不分行的形式，完成一則「文學簡訊」，完稿後另下標題。

〈給父母的簡訊〉◎葉濬誠

　　如果我是鉛筆，你們便是橡皮擦，我所闖的禍，你們都幫我收拾；如果我是劍，你們便是劍鞘，包容我的尖銳，給我安穩美滿的家。

頑皮的兒子

〈向父親報喜〉◎王子蓉

親愛的爸爸：

　　你是夜空，我是星星，你包容我，讓我在黑暗中漸漸發光。現在，輪到我用光芒點綴你了。

子蓉敬上

〈已讀不回〉◎蘇怡蓁

　　同鞋：感謝你的已讀不回。知道為什麼嗎？因為你使我更能接受別人已讀不回了。看著看著，我不再生無謂的氣了。你是幫助我成長的壞人！

稻草人敬上

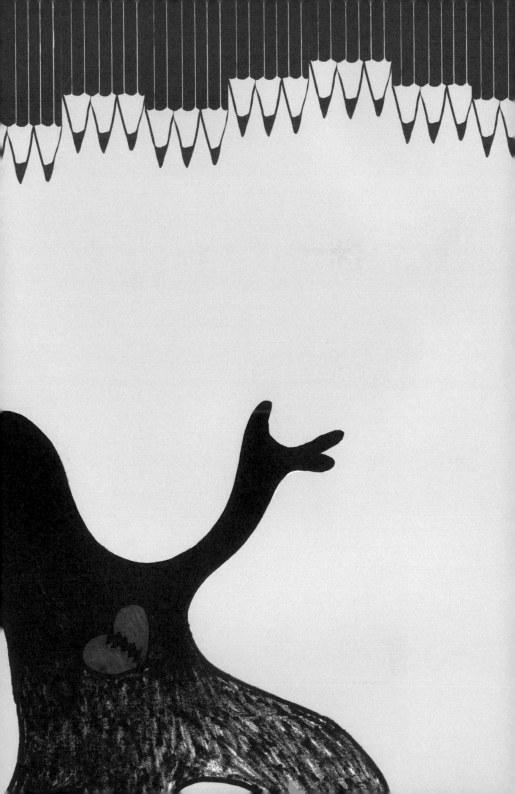

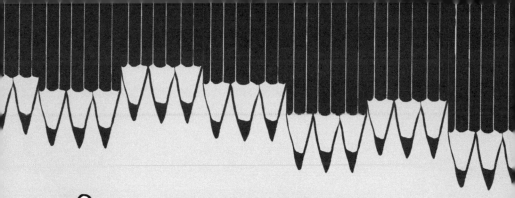

 O9 迷你小說

　　一篇小說可以有多短？可不可以像一首詩那樣短？

　　一般人印象中的小說，不外乎厚厚一本長篇（動輒十萬字以上），或一般厚度的中篇（以五萬字為度，多些或少些）。至於短篇，短到五千字內，有機會在報紙副刊一天刊完；長達萬字者，則分兩天甚至三天連載，大概要好幾個短篇才夠集合成一本書。後來發展出更短的「極短篇」，一、兩千字的篇幅，特別適合擺在報紙副刊邊欄，也符合數位時代文學「輕薄短小」的趨勢。

微型劇情藏答案

　　如今，連不足五百字的「最短篇」都出現了，就像劇情長片走向了微電影，小說這種「虛構敘事」文體，在新媒體上如魚得水，用更輕盈的身姿，塑造人

物、善用對話、刻畫場景、鋪設情節、製造衝突、掀起高潮……這樣的「最短篇」，又可稱之為「微型小說」或「迷你小說」。

雖然篇幅縮水，但不變的是：小說家透過擬造一個故事，埋藏一個主旨（核心概念），表達他的想法。心理學界有個「冰山理論」，說明我們所看到的都只是冰山一角，是表象，還有更多看不見的部分，像冰山的主體隱藏在水面底下。迷你小說，完全符合這樣的理論，作為創作者，你要懂得「隱藏」，作為閱讀者，你要懂得「解謎」。大文豪馬奎斯曾說過：每篇好小說都是這個世界的一個謎。一如此文類的中文名字「小說」，「小」說而不「大」說，好的小說家要懂得「藏」答案，這樣「少即是多」的操作手法，令小說接近了詩。讀詩也像在走迷宮，詩中鋪設的是語言之謎，小說中鋪設的則是故事之謎。

　　小說可以寫得像詩那樣短。晶晶發表在聯合副刊的〈雷聲〉，果然很短，乍看還以為是分行的詩歌：

　　雷聲在耳邊響起。

　　你依舊悠閒地看報。

　　我繼續賢慧地擦拭茶几。

　　比我們誠實的雷聲又響起了。

　　其中隱藏的謎應該是：一對夫妻或戀人，如常共處一室，乍看平和，其實寧靜中暗藏風暴，對於彼此都有沒說出口的怨懟，甚至有個極大的感情危機降臨兩人身上，他們卻只是假裝無事。「雷聲」是兩位主人翁內心狀態的映照，也是兩人感情狀態的隱喻，所以文中出現的雷聲，當然顯得比表面所見的更誠實。讀者你可以繼續延伸自我想像，為後續的可能情節「補完」：如果先生外遇，女主人故意不揭露，那麼下一步，她將採取什麼作為？有個隱而未顯的高潮，

躲在這篇迷你小說背後。這樣的小說，需要讀者「想」得更多，閱讀態度更積極些。

晶晶另一篇〈聽說〉，篇幅更短：

一聽說她有男朋友，他才開始跟大家說起他太太。

不像上篇〈雷聲〉以第一人稱「我」為敘事角度，〈聽說〉採取旁觀者的角度，看戲一般，道出「他」對初次見面的「她」產生好感，因而想隱藏自己的已婚身分，但得知對方名花有主，才談起了自己的太太，失落之後，此舉不無「示威」之意。這僅有一句話的小說，一舉完成兩組關係（她和她男友、他和他太太）的交錯，意猶未盡，予人無限的想像空間。

試寫故事的引子

可別以為這樣的最短篇／迷你小說已是極短之短。海明威很早之前就無意間完成了迷你小說的創舉，只有六個字。據說那是他在酒吧與人打賭的產物，為了證明小說家能寫出這麼短的小說，他不假思索完成了。

待售：童鞋，新品。／(For sale：baby shoes, never worn.)

嚴格來說，此篇六字文本並未出現任何一個故事所必備的「事件」及更細部的「情節」，沒有推動事件不可或缺的「人物」，「場景」的刻畫也付之闕如。但這六個字提供了它們（事件、人物、場景）的「引子」。一雙不曾被穿過的童鞋，等待被購買。如果我用「想像力」去理解這個故事，此處至少涉及了兩個可能人物，賣鞋的人與買鞋的人，場景可能在實

體鞋店裡或拍賣網站上，假設是在實體鞋店裡，那麼「新品」的強調顯得可疑，一般鞋店不都賣新鞋嗎？這可能是一雙看起來十分古舊，但確實沒人穿過的鞋，它是一雙充滿歷史的「新鞋」，該不會被下了詛咒或施了魔法吧……

短短六個字，僅僅作為引子，卻能開啟「多向」發展的敘事可能。這篇小說十分適合拿來作為「小說接龍」遊戲的起始文本，各人可用各自的想像力去發展故事，讓這六個字沒完沒了。

創造迷你的局部

受到海明威六字小說的啟發，聯副文學遊藝場曾開辦「10字小說」網路徵稿，徵求內文只有「10個字」的小說。該回徵文邀請幾位小說家進行示範，出過詩集的小說家駱以軍的作品相當精鍊，〈黎明〉

一篇，充滿奇幻色彩，人事時物具體而微，只差沒有
「地點」的交代。

〈黎明〉◎駱以軍

　　在我變回鳥人前親了她。

　　人：我、她

　　事：親了她

　　時：黎明

　　地：？

　　物：鳥（動物）。

「變回」（人→鳥人）用得巧妙，因為有隱而未
述的「變成」（鳥人→人），才有後來的「變回」。
這或許是一個人獸戀的淒美愛情故事，其「詩意」之
處在「親吻」被賦予「黎明」的意象，這意象不止於
眼前的黎明，更是人生的黎明。重點是，親了她之後

呢？可以再也不變回鳥人了嗎？這是青蛙王子故事的變形嗎？

　　小說不見得要以篇幅長短定高下，挑戰寫短，是一種逆向操作的極限寫作。寫這樣的小說，必須琢磨精鍊文辭、濃縮情節的功夫，藉著寫出迷人的局部來創造理想的留白。迷你小說，可以說是一種簡短如詩的小說吧。

迷你小說

　　傳統定義的小說是「虛構敘事」，說一個作者「設計」出來的故事，塑造人物、善用對話、刻畫場景、鋪設情節、製造衝突、掀起高潮……每一篇小說都埋藏著一個主旨，或一個核心概念。「最短篇」小

說通常在500字內，然而你可以寫得更短，挑戰300字內，甚至100字內的小說，畢竟連「10字小說」都有人寫過了。請寫下一個你想像出來的故事，完稿後另立標題。

學生例文

〈輪盤〉　◎林冠廷

　　我進入了夢鄉。一張開眼睛，迎面而來的是一座巨大的鐘，鐘的上方是黑暗的宇宙。這時，出現了一隻高深莫測的大猩猩，牠叫我轉動鐘上的輪盤，輪盤上有各種符號，如：幸運草、心碎、刀劍……我轉到了幸運草，身體就像流星般飛到宇宙，驚醒過來。

　　天亮後，我得到了夢寐以求的獎學金。這時我才恍然大悟，原來我們一生的際遇，只是牠手中的輪

盤。下一次，我是否還能逃過厄運呢？

〈夢〉◎紫乃

　　緩慢的牽著狗散著步，老奶奶很滿意現在的生活。

　　不過……今天似乎有些不同。

　　走著走著，果然。

　　一群人爭吵著，而且人有愈來愈多的情況。

　　老奶奶笑咪咪的緩步過去。

　　「夢如曇花一樣，開完，就沒了，但是回味無窮。」一名女子說。

　　「才不是呢！夢是一本書，你可以在這本書裡面看見奇幻、不可置信卻又真實的事。」另外一個穿著水手服的女子眼裡淨是夢幻。

　　「呵，你們這些女孩真是太蠢，夢是毒品，先讓

你沉浸在裡頭，再突然喊卡，卻讓你上癮一般，想再繼續夢下去。」一個壯碩的男子嘴裡滿滿的諷刺。

　　原來在討論夢是什麼啊！

　　「夢呀⋯⋯」老奶奶喃喃自語，而心中已有了畫面拂過。

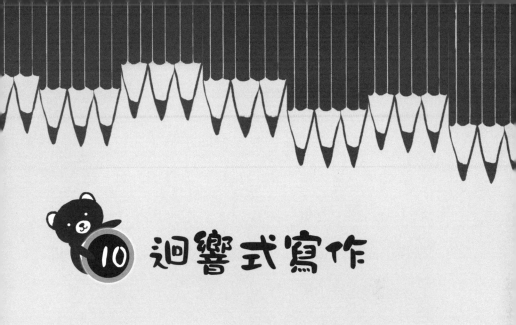

10 迴響式寫作

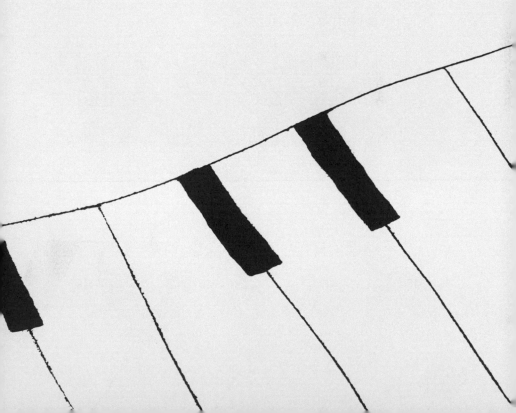

　　寫作，缺乏靈感，會是個問題嗎？

　　如果你有一個明確的題目、書寫的方向，鎖定目標去做功課，蒐集一些資料，靈感有可能從矇昧的暗處探出頭來。譬如針對「愛的行動」這個題目，你可以到字典去查「愛」以及「行動」的定義，以「愛」與「行動」這兩個關鍵字（詞），到前人的作品、報章雜誌的記載裡，去尋找充滿愛心的人物、以具體行動把愛實踐出來的故事……

　　把以上功課都做足了，還不足以完成「自己」的文章，因為光是列舉歷史、社會上的案例，那僅止於「見聞」，還稱不上「創作」，你得注入自己的感想才行。如果學會「迴響式寫作」，靈感便能源源不絕而來，不會有想寫卻寫不出來的困擾。

　　「迴響式寫作」也是「回想式寫作」，從一個親眼所見或資料記載的案例，回想自己的過往經驗，

娓娓道來、細細訴說，這是一個從A到B的連結——從「眼前」跳躍到「從前」，一種時空的跳躍。從這件事到那件事，兩件事有類同之處，因此有建立連結的基礎；兩件事必也「同中有異」，因此可以拿來比較。每個人身上，大大小小的經驗何其多，一定有一個，可以拿來與眼前的事物「連連看」。

臺美雙城記

譬如蔡怡〈臺灣有你真好〉這篇文章，寫她因為搭乘通車不久的捷運蘆新線（蘆洲→新莊）前往輔仁大學半日遊，感受到大眾交通工具所帶來的便利，內心不由得發出「臺北，有你真好！」的讚語，接著便想到過去長期住在美國「不開車等於沒有腳」的不方便，由於患有眼疾的作者未能取得駕照，她寫道：

　　為了拜訪親友，得甜言蜜語哄兒子、騙老公開

車，百里迢迢去赴約。經常為吃頓飯，在錯綜複雜又忙亂不堪的高速公路上來回奔馳三個多鐘頭，一天的精力被耗盡，也不必再做其他事了。

　　從這個過去切身的美國交通經驗，她擴大聯想到在美國的居住經驗，實在與在臺北大不同：

　　美國商業區與住宅區採分隔制，所以住宅區生活機能差；都市治安又不好，大家雖在城裡工作，但居家卻在郊外，天天都得耗油、耗時、耗力地往返於高速公路上。到了夜晚，城中心沒人敢去，而郊區又過於漆黑、寂靜與無聊。

　　從眼前回想到過去、從臺北回想到美國，她做了一番鮮明的差異比較，最後擴大舉例住在臺北的種種好處，表達出一種惜福的心境：

　　反觀住臺北的我們，因為相對安全，可享受豐富多元的都市生活，各種課程與藝文活動滿足性靈成長

的追求：二十四小時營業的超商，照亮街頭，也照亮平安回家之路，真是幸福。

蔡怡的書寫，從當下時空的一個點開始，漣漪一般，逐漸往外擴張，由點而線而面。跟隨作者的筆，我們讀到「外國的月亮沒有比較圓」，如果心思更細密些，還能讀到海外遊子鮭魚返鄉的複雜情愫，點滴在心頭。

愛的擁抱無國界

馮平〈素昧平生的人怎能擁抱〉這篇文章，同樣以大眾交通工具作為聯想的基點——2014年5月沸沸揚揚的北捷隨機殺人事件後，有民眾發起「愛的活動」，敞開胸懷與雙手，給予感傷的民眾擁抱……這個見聞引發作者的疑惑：「素昧平生的人怎能擁抱？」他寫道：

　　初來美國有三怕，怕說英語，怕種族歧視，怕擁抱。但美國人，尤其是黑人，他們對於朋友總是樂於擁抱。

　　馮平與蔡怡一樣有著長期旅居美國的經驗，談文化差異，信手拈來皆文章。以上舉例的一段，是統括式的經驗陳述，歸納了中國和西方對於「擁抱」十分不同的基本態度。接著，作者進一步舉出兩個令他印象深刻的擁抱經驗，一西一中。

　　他先提被西方人自然而然擁抱的經驗：

　　瑪麗蓮第一次見到我，彼此問了名字後，就伸展雙臂抱我，說：「真開心認識你！」我被抱得莫名其妙，心底卻有溫暖。即或這樣，我從不主動擁抱人，對中國人更是如此；不是冷血，是生性壓抑。

　　接著再提主動擁抱中國人的經驗：

　　2011年秋，朱老師喪偶，師母亦是我所熟悉、

敬愛的人。安息聚會後，我們列隊一一與師母告別，並與家屬握手致意。輪我來到朱老師面前，一時傷痛不止，就擁抱著老師哭泣起來。

那是第一次，我與他那麼近，近到可以抱他，可以放聲痛哭。

原來，中國人也擁抱，只是不輕易「出手」，往往在極度慎重、非比尋常的情境裡，才得一抱。馮平從切身的擁抱經驗裡，體悟出一個道理：擁抱的接觸可以帶來心的溫度，具有消除猜疑、撫平恐懼的療癒力量。

文末，他建議將每年八月十八日訂為擁抱節，818，抱一抱：「在這一天，我們不分貴賤，不分語言，不分男女，誰都沒有權利拒絕別人的擁抱。」

作者提供了一個建設性的結尾，鼓勵這種「愛的行動」擴大實踐，如此一來，文章便不停留在自我回

憶的耙梳，而拉高了視野，書寫格局從「小我」躍升為「大我」；又因為托出了潛藏心中、有血有肉的動人經驗，讓人閱讀文章時，並無辯證論理的嚴肅甚至枯燥，真是一篇用力於無形的好散文。

　　蔡怡和馮平兩位散文高手給想寫但寫不出文章的人示範了：即便再平凡不過的交通經驗，也能夠啟動一篇文章。你我應該都有過搭捷運、公車、火車乃至高鐵、飛機的經驗，不妨睜大眼睛多多觀察，閉上眼睛回想一下，這些經驗裡頭有沒有什麼趣味或獨特的細節值得寫下來；或者，不妨給自己出個好玩的題目，譬如，第一次搭飛機，是興奮或害怕？如果可以選擇鄰座的乘客，會選誰坐在你身旁（該不會是你的哪個偶像）？如果身旁的人滔滔不絕，你會如何應對？萬一發生空難，最想對家人說什麼話？

　　找靈感，一點都不困難，何不把它想成是一個由

A到B的連結遊戲，由點到線到面的漣漪效應，多觀察、多回想、多問自己問題並試著回答，落筆為文，你便能懂得迴響式寫作的妙處。

迴響式寫作

　　想寫作，但沒有靈感嗎？別煩惱，何不試試這帖妙方：「看（聽）它，想它，回應它」。它，便是那個引起你注意、令你停留觀想的對象，譬如路口頂著烈日舉廣告牌的先生、公共空間（車廂或餐廳）裡無意間（偷偷）聽見的有趣對話、報紙上一篇小文章裡令你有感的故事，它也可以是一張照片、一首歌，或眼前的風景……它令你想到了自己的什麼經驗？請寫下來回應它，透過「回想」來「迴響」。這是一個畫

面勾起想像、見聞召喚回憶的「連連看」遊戲，讓提筆寫作變得沒那麼困難。文長300字內為佳，完稿後另立標題。

學生例文

〈動人的笑〉◎陳映涵

　　動人的笑，宛若寒冬中的豔陽，融化了心中那冰冷刺骨的寒冰。當我面對動人的笑，就想起前年所見的笑容。

　　前年出國，到了人生地不熟的法國小鄉村，那時是冬天，白茫茫的雪堆，籠罩著原本翠綠的大地，一片片晶瑩剔透的雪花，流連在我的臉頰，化作了冬天的眼淚。我看見一位老奶奶，白髮中夾雜一些黑髮絲，眼睛神采奕奕，臉上帶著嫣紅，看起來十分健

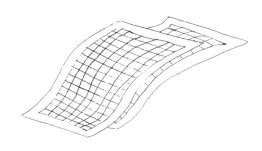

康。

　　與老奶奶相識後，她熱情的款待我，帶我參觀她的麥田，由於正值冬季，自然沒有飽滿的麥穗，只留下隨風搖曳的麥梗，以及大地的心跳。我看見老奶奶露出燦爛的笑容，不是對土地的關愛，而是對一個從陌生國度來的旅客表達熱情，使我內心澎湃不已。

　　那誠心誠意的笑容，烙印在腦中，久久不散⋯⋯

11

文學版名詞解釋

　　每一位作家一定要讀過的一本書，是哪一本？答案是：字（辭）典。

　　寫作，之所以能夠精準的表情達意，文筆如行雲流水般通暢，是因為作者掌握了每一個語詞的意義。「這個詞，什麼意思？」答案當然在字典裡。不過字典裡僅提供你最基本、簡單、制式的解釋。即便加上百科全書助拳，也無法窮盡一切詞義。

活用生活中的言語

　　其實，一個詞傳達什麼意思，還得看你怎麼用，在不同情境下、不同句子裡，意義不盡相同，甚至天差地遠，例如「小三」在某個情境裡可以是「小學三年級」的簡稱，在另個情境裡則指「外遇的對象」。

　　經常，同一個詞，在字典裡有不只一個解釋，亦即，一詞多義，例如「師父」這個詞至少有以下三種

解釋：1.老師的通稱2.對僧尼、道士的敬稱3.有專門技藝的人。

　　有些新詞，在字典裡未必找得到，例如：宅男、低頭族、小確幸，改求教於咕狗（google）大神，你倒是能得到許多活生生的例句，在例句的具體脈絡中，更加掌握詞義。

　　而有些舊詞，也可能產生新的用法，例如，被發好人卡，是被心儀的對象拒絕之意，這裡頭的「好人」，所指當然不是傳統上認知的「善良之人」。

　　語詞因為人類的使用而活著，且不斷新生。溝通往返、信息傳遞中，語詞不斷演進。字典雖然每隔一段時間會增補改版，但永遠趕不上新的變化，人類在各式各樣的生活情境裡自然或刻意的活用語

言，這是創造力的展現。現存的字典無法涵蓋所有被使用的語詞，也無法涵蓋一個既存語詞的所有意義，所以，我們要參考字典，而非被字典綑綁，我們要善用語言，而非被語言所用。

開拓全新的意義

特別懂得遣詞造句的作家，他們對於語言的重要貢獻之一，便是開拓語詞的新用法、新意義。每一個熟悉的名詞，到了文人筆下，都可以成為新鮮的「生詞」。以下為學生的「人物素描」練習作，也可算是一種文學版的名詞解釋，因為文學視角與筆法的介入，讓每個人物顯得更有生命力。

〈清潔婦〉◎酸咖啡

整條街都是家，她是城市的主婦。

〈計程車司機〉◎波羅ME

　永遠不知道,自己的下一站要往哪裡去。

〈地產大亨〉◎車輪筆

　買了太多房子,以致不知道該住哪一間好。

　以上對於特定職人的名詞解釋,不直接作表面化、標準化的說明,走的是迂迴的路線,迂迴而精準的點出從事某職業者的社會形貌、內心狀態,人味十足,深度可觀,其中還埋藏了些許言外之意。例如,〈清潔婦〉暗示清潔婦做的是服務公眾之事,社會貢獻不容小看,其地位簡直是「城市的主婦」;以「整條街都是家」這樣的精神來工作,這是金牌級的清潔婦了。

另類的名詞解釋

詩人寫「詠物詩」，都可視為一種另類名詞解釋，以分行體的形式來界定名詞。私版本的名詞解釋，需要高度的觀察力和同理心，才能解釋得有血有肉。解釋對象除了人物、動植物、物件，還包括了景物，可以天象（例如辛牧的〈太陽〉），亦可地景（例如方群的〈墓〉）。

〈太陽〉◎辛牧

　　他是一個癡情漢

　　他就是不相信

　　這輩子追不上月娘

〈墓〉◎方群

　　回到起點

就是我們的

家

　　辛牧對於「太陽」的名詞解釋，加了不少想像力，把太陽想像成一位追求月亮的癡情漢，無奈，日落月升，日出月隱，你永遠追不上啊！用這樣的角度看太陽，嗯，太陽顯得很有人味，而且引人同情。

　　方群對於「墓」的名詞解釋，夾帶一種塵歸塵土歸土的淡然。嬰兒兩手空空呱呱墜地，老人也兩手空空撒手歸去，來到世上走一遭，不就像畫一個圓，最後回到了原點。所以那個象徵死亡的「墓」，是終點，也是起點，死亡，也是回家啊。

提升字詞敏感度

　　無論採散文體或分行體進行文學版名詞解釋，

都是把既存詞彙新鮮化的有趣過程，有助提升我們對字詞的理解力和敏感度。若一時不知該找什麼東西來作文章，不如就從身邊的事物找起，譬如「書包」，不知如何開頭，那就用最簡單的比喻法造句：□□是（像）……

　　學生懶人球寫道：「我的書包是一座祕密花園，開了一朵名為革命的塗鴉，拒絕老師的檢查，還有一本潦草的日記，不想說的、說不出的，全在裡頭生了根，長出結實累累的心事……」

　　名詞解釋，應該簡明扼要的幫助讀者掌握該詞的意涵，精短為上；文學版的名詞解釋，歡迎更躍動、更活潑的表現，新鮮之餘也不能忽略精準。讓我們以此模式來「試」說新語，不知不覺，你就完成一首詩了。

 玩寫作

文學版名詞解釋

　　挑選一個詞，超過一個字（至少二個字），用文學筆法作名詞解釋，給出字典或辭海以外的另類定義。譬如你可如此定義「共產黨」：「這條街，由人、車與阿貓阿狗及花樹、天空共享。請記得，把正在過街的老鼠也算進來。至於蟑螂……夜裡牠們自有辦法。」又譬如「紀律」：「身材各有不同，制服只有一款。衣著各有不同，表情只有一樣。」請把你要定義的名詞設為標題，內文即為解釋文字，篇幅可長可短，200字內為佳。請自由發揮創意！

學生例文

〈微笑〉◎曾亦瑭

淺淺的弧度，隱隱約約的在臉上勾勒；淡淡的酒紅，時時刻刻的在唇上閃爍──這是受歡迎的人的招牌商標。有了這個商標，就可以自由穿梭在「人際」的網絡中，更可以作為國際共通語言。一個美麗的上揚，立刻成為萬人迷！

〈溫差〉◎鐘浩誠

鎮上的市集，人山人海；山上的禪寺，門可羅雀。

有錢的被告，步出法庭；貧窮的被害，步入牢獄。

〈體貼〉◎潘維芳

　　貼近身體的一道春風，在炎熱中給予你一陣涼爽，還能在無止盡的思念深淵裡，為你帶來一絲光彩。

補充包

每一堂課都是一回冒險

　　開學了，又得開始「備課」，我教的「新詩創作與欣賞」是大學選修通識課，來上課的學生對於詩的認識近乎一張白紙，無論我端出什麼菜，對他們而言應該都是新鮮貨。可我自己很清楚，同一套內容我講過多少次了，這一次跟上一次講，我加入了什麼新的舉例、修正了什麼說法，如果老是以不變應萬變，未與時俱進，我自己對這一堂課的「享受度」便大打折扣──當教書變成例行公事，那麼教書便是無聊的代名詞。所以每個學期開始前，我都在腦子裡醞釀著一些新花樣：這學期要到哪個意想不到的地方去課外教學？要請哪個特別來賓來課堂上製造驚喜？

　　修這門課的學生來自不同系所：戲劇、舞蹈、音樂、美術、工藝、雕塑、古蹟、圖文、視傳、廣電、

電影、多媒體系……裡頭臥虎藏龍，潛伏著未來的歌手、演員、導演、藝術家、設計師，我的任務是用詩點燃他們，讓他們可以帶著自己本科的專業、本身的特長，來與詩結緣。於是，期末報告分享往往是一場才藝表演大會。

　　每學期第一堂課，我都睜大眼睛觀察每一位同學的臉容，鼓勵大家說話，努力嗅出他們身上散發的氣息，有些曖曖內含光，有些則熱情奔放，我帶著認識新朋友的心情開學。當然，總會出現一兩位怪咖同學，有些是過於好動頻頻舉手想發表高論，有些卻是面對老師提問死都不吐出一句話，我也得想想治這些人的方法呵。

　　學習總在惰性和求知欲之間拉扯。讓同學積極上課的妙方之一，是把歷屆學長姐的文字詩、拼貼詩、裝置詩作品，製成精選集，秀出來，典型在夙昔，激

發上進心。妙方之二，是讓學習內容貼近生活，創造
應景氛圍──中秋節快到了，大家來寫三行詩「月亮
俳句」；情人節快到了，就寫寫「告白詩」吧。妙方
之三，是要讓同學具體感到這樣的學習內容「與我有
關」，對其志向、未來工作或當下正從事的計畫有所
幫助，譬如有同學正在創作一首歌曲，希望配上詩意
的歌詞，另一些則正籌備攝影展或畫展，要用詩的語
言來寫作品說明……所以我很關心同學們正在做什
麼、未來要做什麼、今生的夢想是什麼，這些訊息都
有助於我端出更有料、更準確的課程。課堂寫詩，寫
不出來，或寫得不好怎麼辦？管他的，冒險的意思便
是，失敗率很高！好在，失敗不砍頭，這是學生最大
的特權，出了社會就不一樣囉。

　　如果人生是一趟長遠的冒險，那麼我期許用一堂
課，又一堂課，一步一腳印，用一次又一次小小的冒

險，導引他們往迷魅的未知更進一步。

　　現今的教育氛圍，太強調個人優勢的提升，眾人把更高的收益、更高的名聲、更高的成就列為人生目標。我卻感到，如此的人生觀把大家帶到一個死胡同，我爭你搶，壓得彼此喘不過氣。在這種競爭力思維下，少有人真正持著「自己好，也要別人好」的心態，即便高中生參與志願服務活動，有時也顯得功利，因為其服務紀錄將成為升學籌碼，有助於申請大學。難怪我們來到一個幸福感匱乏的時代，當我們不懂得「無所為而為」、純粹享受一件事的美好，財富再多、學歷再高、工作再好，都無法為你帶來真正的快樂與滿足。

　　在這樣的情況下，作為一名文學教師，我可以做些什麼？我想方設法發展一些課堂遊戲，帶領大家在一種相對放鬆的氛圍裡，去讀詩寫詩演詩，用詩來表

達自己。畢竟競爭軌道其實已鋪設在那兒：老師為會大家打分數，而分數會有高下，分享的時候，有些作品比較能激起同儕回應而有些不……競爭機制已經夠多夠強了，多到同學們可能忙於互相比較，而偏離了對學問本身的浸淫。

　　所以我會鼓勵大家先不要去想自己表現的好壞，而多去想：自己享不享受這個探索詩的過程？雖然靈活使用語言、展現文字創意的能力，確實有助於將來踏入某領域職場、自我完成某一志業，但是鍛鍊這種能力，卻得先將「目的論」擺在一邊，才能騰出一個自在觀照、馳騁想像的空間。「快樂學習」聽起來像一個空洞的口號，但我孜孜矻矻，試著用具體的形式去把它實踐出來。如此偏離嚴肅學習的課堂，確實有點冒險，「玩」成了主角，「學」好像變成了配角。但，又何妨？反正，每一堂課都是一回冒險！

補充包2 書包裡有造不完的句

　　自從2005年開始於報刊撰寫詩歌教育專欄，至今幾無間斷，也因此常受邀至校園裡談詩，因我更常面對大學生，或許新鮮感使然，與高中生互動更令我興奮。猶記得有一年到曉明女中參加中臺灣聯合文學獎頒獎典禮，看到各校高中生穿著各色各款制服走秀一般上臺領獎，臉上表情或大喜或羞澀或酷酷模樣，我差點拿著相機像車展電玩展的宅男上前猛拍，礙於評審老師的矜持身分，我只能待在貴賓席上，與旁人一同對臺上的「制服展」（鄰座小說家甘耀明語）品頭論足。我心想，如果他們都能把書包背來就更好了，制服加書包，才是完整的造型哪。

　　臺上有一款制服是我以前穿過的，那最稀鬆平常的白衣藍褲一下子把我拉回就讀臺中二中的年代……

天啊，已是二十年前的事了。想當年，即便看起來乖乖牌的學生，也喜歡在制服啦書包啦動點手腳，譬如合唱團的團員以「團服」之名逮住機會光明正大跑去訂作緊身版白上衣，最好還微微綴些縐褶，無論身材是否宜於緊身、氣質是否搭調，彷彿穿上變種制服便走路有風，「同中有異」是王道。

　　把書包當舞臺一樣伸展大致同理，不知何時開始，同學間開始流行蒐集徽章，先從補習班的左鄰右舍、家有兄弟姊妹就讀他校的同學下手，或討或換或託人買，我的書包不可免俗地也別上了一中、女中、曉明、文華、衛道、明道的徽章，校際競爭放兩旁，此處四海皆一家。徽章狂熱期，寒暑假積極參加救國團營隊以便擴張交遊領地至中部以外，誰能在書包掛上北一小綠綠、景美太陽神之女的小招牌，便能在補習街享受被另／正眼相看、指指點點的樂趣。

這些小動作、小花招，無非是埋在土裡的種子亟欲有所作為，即便還在滋養期，也試著冒出小芽去探探新鮮自由的空氣。是的，這便是大學生與高中生的不同了。大學生的自由如空氣，高中生的自由則潛在制服底下，有一股隨時要爆開的張力。普遍來說，也許大學生的寫作在題材上較高中生多樣豐富，可以輕鬆背起行囊遠遊求取經驗，但在能量和強度的蘊積，我以為高中生是毫無條件上的弱勢的。「制服底下的自由」深深吸引著我，只要才氣夠，高中生寫出來的文學絕不會輸給大學生。

即便上了大學，仍有許多人斷不了高中時期的奶。我任教的大學課堂上有個男生老愛穿著臺北師大附中的制服，在教室裡花花綠綠的便服中突出一道奇異的風景，彷彿向世界宣告他擁有一個從高中交往至今的完美戀人一般，眼裡透出神氣。還有個女生保留

著高中各學期綁在便當上的蒸飯名牌，串成項鍊，當成「物件詩」作品交上來，我拿在手上端詳，恍如捧著一件達達藝術款的施華洛世奇（名牌水晶）精品。

某天課堂上隨口一問：「你們還保留著高中書包嗎？」

舉手的同學竟占了一半！

「留著幹麼？」

當作紀念啊不忍捨棄啊也許有一天用得到啊留著不知要幹麼但就是想留著……諸多答案紛紛出爐。

「哪一天會用得到？喬裝未成年或拍青春期電影的時候嗎？」……

無比壓抑的高中時期卻也躍動著難以言詮的魅惑，引你頻頻回首，高中年代真是個春天一般詩意的人生季節啊。如果哪天班上辦一場高中書包大會，應該會很繽紛吧！

於是，這一天的寫作練習便從「我的書包」開始發想，「你的書包裝什麼？」

書包當然用來裝書啊。高中生的書包通常有教科書、參考書、筆記本，這些是書包裡的執政黨，如果有一本課外讀物扮演在野的角色，「書包的政治」會比較民主。

我其實從不對文人或文青的書包感興趣，因為書老是主角，書書書……多麼乏味。若從詩的眼光，出其不意地看，書包裡的零碎雜物當能獲得更多注目。書以外的物件，可能是紙筆、水瓶、雨傘、藥丸、餐具……這些也都尋常。如果哪個詩人的書包總是躺著一把剪刀，我會對他興致高昂。

小說家黃崇凱為文談他的書包，為沉澱在書包肚腹角落之物點名，其中一樣是：「驚覺是哪個通緝犯怒目圓睜卻其實是自己的大頭照」（〈跟著我的

海〉）這樣的句子既維持小說家埋藏爆點的本事，其角度之銳利也算刺出詩意的星光。

　　詩寫書包的例子不多，倒是在詩人們的著作裡，不難找到關於書的句子——

　　愛蜜莉狄瑾蓀：「沒有一條船能像一部書，／使我們遠離家園……」（成寒譯）。

　　管管：「山是一本迷人的書／你不走進去不知書的好處／你不專心讀也不知書的妙處／小心走路別叫石頭咬住／山呀山呀　你也讀讀我這本小書」（〈山是一本迷人的書〉）。

　　如果書是一條船，書包不就是給船航行的河流或海洋？如果書是一座山，書包不就是給山躺臥其上的盆地？

　　「書包裝什麼？」

　　裝一座山裝一片海裝一方眠床……

　　同學們玩起了比喻象徵的遊戲。「什麼顏色的海什麼形狀的山什麼觸感的眠床？」一再追問，可以讓細節繼續發展下去，以下是同學們的佳作選摘。

　　蜜蜜客：「我的書包裡有一支魔力的紅筆，只為我的嘴唇畫重點，畫容，點亮他的睛⋯⋯」

　　窗簾步：「我的書包裡有一方拾來的手帕，那是我練習告白的靶子情人，待全世界最美麗的詞彙都在我嘴上轉過一百圈，就是物歸原主的時刻了⋯⋯」

　　明眼狼：「我的書包裡有一個眼鏡盒，用來收納一個看得太清楚的世界⋯⋯」

　　愛滴答：「我的書包上的塗鴉，是對無聊生活的小革命，洗不掉的汗漬，是他相濡以沫的戰友⋯⋯」

　　透過「書包造句」，回憶從前國小、國中或高中時期的生活，使得東奔西跑的想像力詞彙或都有了寫實的基礎。這是一堂大家特別「有話可說」的寫作練

習課，同學們的「完成度」特別高，幾乎無一人有作品難產的窘況。造句的成果會成為一篇作品的雛形，同學們把這粗坯帶回家，完成一首分行詩或一篇段落體的最短篇。

　　「書包裝什麼？」無論各人答案如何不同，這回，鐵定能裝得下一篇自己的作品。

 **萃取出最精華的自己**

　　這學期的文學寫作課程，期末考照例安排「極簡主義」報告分享會，報告大方向是「新詩連連看」，我請每位同學自選兩首「詩文本」，創意發想兩者關係，找出一個有趣的角度，比較兩者異同，撰寫500字內報告，並上臺3分鐘內口頭摘要書面內容。

　　所謂「極簡主義」，乃現代藝術的核心精神「少即是多」，所以我與同學們約法三章，書面報告多寫一字扣一分，口頭報告多花一秒也扣一分。特別強調：「但只寫一個字，不扣分；只報告1秒，也不扣分喔。」

　　這與同學們過去作報告時，字數愈多、頁數愈厚，顯得「愈有誠意」的邏輯，大相逕庭。一聽到這個「作業模式」，不少同學們表情複雜，大概一方面

心喜：「這個報告真是輕鬆。」另一方面又狐疑：「這麼好康的作業，該不會暗藏什麼機關？」

　　資訊爆炸的數位時代，學生們作報告，剪剪貼貼各家之言，把街談巷議或專家說法，拼拼湊湊，要完成幾千字的報告並不難；難的是，這幾千字當中，能有多少句是自己的想法？

　　走在時代最前端的年輕朋友，你們的腦袋可有跟著「搜尋引擎」的發光發熱一起發達？左一個「維基百科」，右一個「奇摩知識」，左右護法當免費貼身家教，輸入關鍵詞就像販賣機投幣，知識懶人包馬上咚一聲從天而降。

　　小心，「維基」也是「危機」，天下沒有白吃的午餐！取得答案的速度變快了，這也代表，花在思考的時間可能變短了。就「詩是什麼？」這個問題而言，你上網可找到一長串看起來漂亮又合理的說法，

可你若太快選擇一個說法去相信，可能就此錯過了那些不在網路上的「更好的答案」，這些更好的答案，住在書本裡、期刊上，甚至，就藏在你心裡。我曾讓同學以「詩像什麼」的比喻法在課堂上即興書寫「詩是□□，（因為）……」，成果讓人驚豔。逗點貓同學寫下：「詩是變色龍，你的心藍色它便是海洋，你的心紅色它便是火苗。」打的狗同學寫下：「詩是旅行箱，裝載的家當愈少，愈能天寬地闊。」這個練習，除了要填空填得妙，還得自圓其說，前者訓練創意，後者訓練邏輯思考。原來，有時答案不假外求，只要你懂得探問自己。

　　我一直相信，做學問，應先問自己，再問他者。他者，是複數的，不止網路，還有圖書館、報章雜誌，以及師長同學……尋找答案，有時是一場旅行，當你讀到詩人白靈的戰地詩歌〈金門高粱〉：

　　只有砲火蒸餾過的酒

　　特別清醒

　　每一滴都會讓你的舌尖

　　舔到刺刀

　　你會不會想要親臨金門「即景」，拜訪戰火紋身的耆老請教他當年記憶如今「清醒」到什麼程度？或問問喝過金門高粱的長輩「舌尖／舔到刺刀」究竟是什麼滋味？

　　好問（喜好發問）很好，但不必急著得到答案，有時一個問題會滾雪球般滾出更多問題，當你問得愈深、愈細，那答案的形貌便一筆一劃，輪廓漸漸浮現。

　　我所規定的作業模式，期待同學花更多時間「想問題」。首先，從選擇對象開始，問題便來了：找哪

兩首詩來比較？找同一詩人在不同年代寫的兩首詩來比較，或者找同一題材而不同詩人的作品？比較一首水果詠物詩跟一則創意的水果廣告可行嗎……在「連連看」的過程中，同學不斷摸索、調整觀看事物的角度，並且搬演著種種可能。

限制篇幅和報告時間，一方面希望同學不必堆砌現成資料，多用自己的話說自己的看法；另一方面則希望同學抓住重點、製造亮點，達成有效率且動人的溝通。這些，都需要一再練習。

詩的精神「極簡主義」，不過是一句老話「臺上一分鐘，臺下十年功。」升學或求職應試的時候，記得精鍊且精準地表達自己，這有賴於平日的累積、事前的準備。詩的寫作，是三言兩語便有大意境；而人生的寫作呢？只要下過功夫，便有機會萃取出最精華的自己。

補充包4 投稿練習曲

　　當同學作品獲得老師鼓勵、朋友按讚，便躍躍欲試地想投稿。我三不五時便被問及「我這篇作品是否到達可以投稿的程度了？」「我該如何投稿？」

　　諸如此類的問題，難以三言兩語回答。投稿看似一個把完成的作品寄出去的簡單動作，也能搞成一門大學問，坊間曾開設「文學投稿技巧班」，一系列六、七堂課專門教授你如何投稿。連名作家都會遭受退稿待遇，我該如何告訴學生，你可以這樣或那樣地「正確」投稿呢？當學生作品獲得我的肯定，我該自打嘴巴地告訴他，你的投稿再等等嗎？或者鼓勵他勇敢一試，一旦鎩羽而歸（這機率十之八九），究竟是編輯和評審的眼睛有問題，還是我的眼睛有問題呢？

　　先回到比較本質性討論吧，為什麼要投稿？投稿

與創作有什麼關係？

曾不止一次聽到某資深副刊主編把這句話掛在嘴邊：「寫作不一定要投稿。」我對這句話丈二金剛摸不著頭腦，如果全天下的寫作人都不投稿，你哪來文章可登呢？後來我因緣際會去參觀一位副刊編輯前輩的辦公室，發現地上一個寫著待退稿件（有附回郵信封的）的紙箱，高已及膝，旁邊一個大垃圾桶則滿出一堆審稿後直接丟棄的稿件（未附回郵信封的），據說那「只是」兩三天的來稿量，我想像編輯的電腦裡容量近乎無限的收件信箱，壯觀程度應該更勝此景吧。我略略抓到「寫作不一定要投稿」這句話的真諦，因為「投稿即退稿」呀，副刊就是稿件的墳場，只有少數幸運兒才能通過殺戮戰場，生存下來，在報紙上大放光明。

但是，誰說你不能是那幾位幸運兒之一呢？所

以，想投就去投吧，大不了——被退稿而已。

　　投稿與創作，看似關係親密得天經地義，卻又隱藏著大悲大喜的愛恨情仇。

　　多數創作新手完成了作品，總急於追求他者的肯定，這「他者」一開始是同儕、師長，即便評價不見得都正面，至少石頭落水激起了水花——創作時你成為世界的中心，對著世界發出聲音，任何回聲都是作品存在的證明。

　　但石頭想要變大，激起更大的水花，「他者」遂從水池擴大為湖泊，升格為一個「審核機制」，他們是校刊、文學雜誌、報紙副刊的編者，或者文學比賽的評者：校內的、校際的、地方性的、全國性……門檻愈來愈高，競爭愈來愈激烈。

　　一旦獲得錄用而見刊，除了意味著作品被更多人看見，也意味著作品獲得了更高層級的肯定，取得榮

耀加身的勳章。

　　從創作者到投稿者，你其實從世界中心切換到世界邊緣，因為你發出的聲音能否被聽見，取決於發出勳章的他者。如果你投稿失敗、參賽落選，那意味著你的作品還不夠好，或者你還不夠了解那個檢驗作品好壞的標準，你當然可以在心中大罵編輯與評審眼睛脫窗不識好貨，但很抱歉，站在世界中心的是他們，在獲得中心認證前，你就是個邊緣人，你心中的罵語也只能是無聲的宣洩。

　　有些人被退稿一兩次便打退堂鼓，在BBS部落格臉書當起自我感覺良好的素人創作者，無壓力書寫。有些人罵過哭過怨恨過療傷過後仍繼續奮起，抱著既期待又怕受傷害的心理再接再厲。有些人投稿成功一兩篇，留下美好紀錄便此生足矣。有些人一關過了再闖一關，想看看自己有多大的能耐。

　　累積了一定的闖關經驗，此時開始冒出一批「先有投稿，才有創作」的寫手，他們深諳投稿要訣、競賽門道，他們了解那一套標準，量身打造通過窄門的作品，成功率極高，達陣之後，賺取稿費、獎金，蒐集勳章，並有機會藉此打開文名、提升作品「能見度」。所以，不一定「先有創作，才能投稿」。

　　同時有一批人，他們在不斷接受檢驗的過程中，學習自我檢驗，逐漸發展出一套自我認定的標準，也認清了那套主流標準並非萬無一失，有些作品的好，是他者檢驗不出來的。這些人沒有初次投稿受挫者的怨懟更無懷恨，取而代之的是一種對「自我尺度」的高度自信，他們不那麼怕退稿，於是一種新的個人美學體系慢慢成形，風格於焉誕生。終有一天，那個主流標準會調整自己的尺度，把這種新風格納入其中。主流標準並非毫無彈性，執事者是人，人可以學習，

標準可以浮動。

　　關於投稿，以上聊得太遠，該要拉回現實，從如何踏出第一步開始吧。以下我們將討論諸多投稿的操作型問題：該怎麼開始投稿？完成作品後到投出稿子前，可以做什麼？如何寫投稿信？投稿有無什麼忌諱……

該怎麼開始投稿？

　　投稿首先要認明規則，規則有「內在規則」與「外在規則」。

　　外在規則白紙黑字寫明，當你選定投稿報刊後，上天下海搜出該報刊明訂的投稿主題、字數、投遞方式……這些統稱為「稿約」，在google年代，千萬別浪費網路上俯拾即是的投稿資訊。

　　內在規則即潛規則，也就是對外公布的稿約沒有

明說的，如果要投稿某文學副刊，平時就要閱讀，掌握其版性（版面調性），甚至可更積極地取一整個月的副刊，歸納整理出其偏好的主題、文筆晦澀度、刊登的文類、字數的限制……總之，只要做點功課，不難挖出那「沒說出的祕密」。

　　一開始投稿，可從門檻較低的校刊、系刊、社刊、全國性學生刊物或不提供稿費的刊物開始，比較容易建立成就感。充分研究各家報刊之後，你會比較清楚自己完成的作品適合挑戰哪一家，這準備過程中，你不知不覺遍覽一群佳作，即便投稿失敗，至少你已吞了一顆大補丸，保證讓你在未來寫作之路受用無窮。

 完成作品後到投出稿子前，可以做什麼？

　　完成作品之後，你當然是自己的第一個讀者，

同時也是第一個審稿者，自我欣賞之後，可好好地自我檢查一番。

　　朗聲讀一遍，看看文句是否順暢，也看看遣詞用字有無更精準的空間。

　　檢查是否有錯字、名詞（人名、地名等）及成語的誤用，有一丁點疑慮便要查字典。涉及資訊或知識的部分，請到百科全書或專業書籍去確認，交互參照（網路不一定可信）。

　　最後，審視一下標題、分段是否清楚：標題是文章給人的第一印象，下得好不好？段落可切得大塊也可切得細碎，這會影響閱讀節奏，哪一種節奏較適合這篇文章？

　　投稿之前，有太多事可做，有人一篇稿子寫完擺了三個月、半年才出手，這樣的作者有著高度自我品管，被「退貨」的機率自然降低不少。

如何寫投稿信？

　　編輯是投稿者「最熟悉你的陌生人」，編輯與作者以文章握手，由於編輯必須讀過你的作品才能決定錄不錄用，因此你投去一篇文章他便要花一段時間與你的一篇文章相處。即便只有一稿之緣，既然相會，就該點頭示意，基本的信件禮儀，不該因為到了電紙時代便被丟棄。不少人卻忽略這一點，投稿電郵的信件主旨只寫上「投稿」，有的連信件主旨都「大方」略去，信中不但「致編者」或「編者你好」闕如，連作者署名都沒有，僅附加一個沒頭沒腦的word檔，甚至留下一個網址要審稿者去跋涉「領取」⋯⋯除非你遇上一個EQ極高的編輯，或那天編輯心情特好，這種降低審稿者對投稿者「好感度」的作為，簡直是自設路障。

　　那麼，究竟如何寫一封得體的投稿信呢？這倒

沒有一個標準版本，不過有個通則可以把握：投稿信畢竟是「稿外之物」，不必洋洋灑灑，只要在幾句話裡，說明來信意圖（即投稿，編輯信箱有時兼作其他公事用途，標明投稿會有助他辨識信件）、問候編輯並署名即可，如欲自我介紹，或記寫作緣起，建議簡單扼要，畢竟文章才是主角，大陣仗羅列豐功偉業反而模糊了焦點。最後要留下通訊方式，方便編輯留用稿件時可以聯繫。

記得我剛出社會時在某單位當一個小編輯，向一位在大媒體擔任主編的作家邀稿，他交來稿件時附上了三言兩語，落落大方：「奉上稿件，請查收，順祝編安——某某某敬上」大作家交稿時原來是這番翩翩姿態呀。此後我投稿給該位媒體主編時，便如法炮製，但略更動幾字：「奉上稿件，請撥冗審閱，順祝編安——某某某敬上」也許無法為文章加分，但至少

不會因此扣分才是。

投稿有無什麼忌諱？

　　與編輯同業交流，發現有些人不喜歡投稿者以下表現：作品尚未被留用便急問稿費多少、要求作品早日登出，追問編輯作品被退稿的原因，攀親帶故與編輯裝熟⋯⋯但並非每個編輯都這麼想，關於投稿忌諱，訪問十個編輯可能就有十個不同的答案。所以，別管那麼多了！被退稿的理由千百款，有太多不可預期的因素，有時退稿的實際理由真如制式退稿說詞所言「近期稿擠」，可投稿者怎會知道你何時稿擠何時不稿擠呢？還是，別管那麼多了！只要作品夠好，便能戰勝一切的忌諱。只要你確信自己拿出了足以說服自己的好作品，被他者退稿又何妨？重點是，你有無信心錄用自己？

　　最後，我們要回頭談談投稿的定義。投稿，是把一篇完成的作品，交給一個他者審核機制評價，判斷是否值得刊出，給更多人讀到，並藉此表彰其優異。作者在這過程中，榮耀加身或灰頭土臉，無論是成是敗，都有機會揣摩眾多他者的眼光，給予自己作品更豐富的注視，從而磨礪出一套，不同於初入門的井底之蛙，亦不完全順服他者的，選擇過、掙扎過的，屬於自己的美學。

　　終極的投稿，是要讓自己扮演那個他者，你要投稿給自己，因為只有自己能判斷自己的成敗。

當自己的他者

　　你寫作多久了，你的文學觀、對於作品好壞的

認定標準，是否因寫作年齡漸長而有所不同？如果你寫作超過一年，把一年前的作品找出來審閱一下，隔著時光的距離，你變成一個相對客觀的「他者」。看到仍覺得滿意的句子就把它圈起來，想想它好在哪裡；或把好句子抄錄下來，以此為基礎，試試發展出另一篇作品的可能……青少年或成年的你，對自己兒時的作品，也可比照辦理，時光距離拉得更遠，那種既熟悉又無比陌生的迷魅感當更為奇妙。這是一趟跟從前的自己對話的旅程。

國家圖書館出版品預行編目資料

愛上寫作的11種方法／林德俊文 .--初版 . --
　臺北市：幼獅，2016.05
　　面； 公分. --（工具書館；6）

　　ISBN 978-986-449-040-0（平裝）
　　1.寫作法

　811.1　　　　　　　　　　　　　105002248

工具書館006
愛上寫作的11種方法

作　　　者＝林德俊
繪　　　者＝李桂媚
出 版 者＝幼獅文化事業股份有限公司
發 行 人＝李鍾桂
總 經 理＝王華金
總 編 輯＝劉淑華
副總編輯＝林碧琪
主　　　編＝林泊瑜
編　　　輯＝周雅娣
美術編輯＝李祥銘
總 公 司＝10045臺北市重慶南路1段66-1號3樓
電　　　話＝(02)2311-2832
傳　　　真＝(02)2311-5368
郵政劃撥＝00033368

門市
・松江展示中心：10422臺北市松江路219號
　電話：(02)2502-5858轉734　傳真：(02)2503-6601

印　　　刷＝崇寶彩藝印刷股份有限公司　　幼獅樂讀網
定　　　價＝250元　　　　　　　　　　http://www.youth.com.tw
港　　　幣＝83元　　　　　　　　　　 e-mail:customer@youth.com.tw
初　　　版＝2016.05　　　　　　　　　幼獅購物網
書　　　號＝988148　　　　　　　　　 http://shopping.youth.com.tw/

行政院新聞局核准登記證局版臺業字第0143號

本書入選之文章大多已取得原作者或作者的繼承人、代理人同意授權編入，部分作者因無法聯繫上，
尚祈諒解，若有知道聯絡方式，煩請通知幼獅公司編輯部，以便處理，謝謝！

基本資料

姓名：...先生／小姐

婚姻狀況：□已婚 □未婚　職業：□學生 □公教 □上班族 □家管 □其他

出生：民國.....................年.....................月.....................日

電話：（公）......................（宅）......................（手機）......................

e-mail：...

聯絡地址：...

1.您所購買的書名：**愛上寫作的11種方法**

2.您通常以何種方式購書?：□1.書店買書　□2.網路購書　□3.傳真訂購　□4.郵局劃撥
　　　　　　（可複選）　　□5.幼獅門市　□6.團體訂購　□7.其他

3.您是否曾買過幼獅其他出版品：□是，□1.圖書　□2.幼獅文藝　□3.幼獅少年
　　　　　　　　　　　　　　　□否

4.您從何處得知本書訊息：□1.師長介紹　□2.朋友介紹　□3.幼獅少年雜誌
　　　　　　（可複選）　　□4.幼獅文藝雜誌　□5.報章雜誌書評介紹..................報
　　　　　　　　　　　　　□6.DM傳單、海報　□7.書店　□8.廣播(　　　　　　　)
　　　　　　　　　　　　　□9.電子報、edm　□10.其他..................

5.您喜歡本書的原因：□1.作者　□2.書名　□3.內容　□4.封面設計　□5.其他

6.您不喜歡本書的原因：□1.作者　□2.書名　□3.內容　□4.封面設計　□5.其他

7.您希望得知的出版訊息：□1.青少年讀物　□2.兒童讀物　□3.親子叢書
　　　　　　　　　　　　□4.教師充電系列　□5.其他

8.您覺得本書的價格：□1.偏高　□2.合理　□3.偏低

9.讀完本書後您覺得：□1.很有收穫　□2.有收穫　□3.收穫不多　□4.沒收穫

10.敬請推薦親友，共同加入我們的閱讀計畫，我們將適時寄送相關書訊，以豐富書香與心
　　靈的空間：
(1)姓名..................e-mail..................電話..................
(2)姓名..................e-mail..................電話..................
(3)姓名..................e-mail..................電話..................

11.您對本書或本公司的建議：

廣 告 回 信
臺北郵局登記證
臺北廣字第942號

請直接投郵　免貼郵票

10045　臺北市重慶南路一段66-1號3樓

幼獅文化事業股份有限公司

· ·

請沿虛線對折寄回

客服專線：02-23112832分機208　傳真：02-23115368

e-mail：customer@youth.com.tw

幼獅樂讀網http：//www.youth.com.tw

幼獅購物網http://shopping.youth.com.tw/